EL PASAJE DE LOS PANORAMAS

100% SOSTENIBLE
100% RESPONSABLES
100% COMPROMETIDOS

ASÍ HEMOS HECHO ESTE LIBRO

Salvo casos excepcionales, trabajamos con una empresa papelera que funciona con biocombustibles locales y se abastece de los bosques cercanos, que gestiona de forma estrictamente sostenible. Ha implantado voluntariamente el Reglamento de la Unión Europea de Ecogestión y Ecoauditoría, y WWF la considera una de las fábricas más sostenibles del mundo.

Allí fabrican el papel interior y exterior con el que se ha hecho este libro, con unas emisiones certificadas de 365 kg de CO_2 por tonelada de papel: un 50 % menos que la media europea y un 75 % menos que la media española. En otras palabras: uno de los papeles más sostenibles del mercado (además de tener las certificaciones FSC, PEFC, ISO9001, ISO14001 y EU Ecolabel).

Uno de los mayores problemas ecológicos a la hora de fabricar papel (y de hacer libros) es el consumo de agua: la media europea está entre 10 y 15 litros por kilo según la European Enviromental Agency. La fabricación del papel interior y exterior de este libro ha consumido sólo entre 3 y 4 litros.

Queremos eliminar todos los materiales de origen fósil de nuestros libros y de nuestro trabajo. Por eso este libro no está plastificado (si lo estuviera, su tirada habría consumido más de 500 m^2 de plástico).

El transporte del papel desde la empresa papelera hasta la imprenta se hace, en buena medida, en trenes de larga distancia, e imprimimos a menos de 300 km de nuestra oficina, todo lo cual nos permite reducir notablemente las emisiones contaminantes.

Una vez fabricados los libros, los envíos que dependen de nosotros se realizan mediante una mensajería ecológica: el 100 % de las recogidas y buena parte de las entregas se hacen andando o en bici. Para las entregas que no se pueden hacer sin medios motorizados hemos elegido a la mensajería con el plan de reducción de emisiones más ambicioso para 2025.

Toda la energía utilizada para editar este libro es 100 % energía verde renovable y certificada. Además proviene de una cooperativa de la que nuestra editorial es miembro, de modo que consumimos la energía que previamente producimos en instalaciones solares, eólicas o de biomasa.

Todos los recursos económicos utilizados para editar este libro estaban depositados en la banca ética, y allí llegarán también los beneficios (¡esperemos que los haya!). De este modo garantizamos que este dinero sólo revertirá sobre proyectos sostenibles, con un interés social, cultural y medioambiental, sin inversiones en la economía de las energías fósiles.

Si quieres más información sobre estas cuestiones puedes leer el apartado «Compromisos» de nuestra página web o escribirnos a info@erratanaturae.com.

APRENDIZ DE FELICIDAD

UNA VIDA EN EL JARDÍN

PIA PERA

TRADUCCIÓN DE PEPA LINARES

errata naturae

PRIMERA EDICIÓN: abril de 2025
TÍTULO ORIGINAL: *Apprendista di felicità. Una vita in giardino*

Questo libro è stato tradotto grazie a un contributo
del Ministero degli Affari Esteri e della Cooperazione italiano.

Este libro ha sido traducido gracias a la ayuda a la traducción
del Ministerio de Asuntos Exteriores y de la Cooperación italiano.

c/ Sebastián Elcano 32, 2ª planta
28012 Madrid
info@erratanaturae.com
www.erratanaturae.com

ISBN: 978-84-19158-92-5
DEPÓSITO LEGAL: M-2219-2025
CÓDIGO IBIC: FA
IMAGEN DE PORTADA: *Jardinera*, © Natalia Rodríguez Valdés
MAQUETACIÓN: Jorge García Valcárcel
IMPRESIÓN: Kadmos
IMPRESO EN ESPAÑA – PRINTED IN SPAIN

INTRODUCCIÓN

«Aprendiz de podadora de granados», escribió Pia Pera en la dedicatoria del ejemplar del *El huerto de una holgazana*, el libro por el que nos conocimos. Yo había ido a visitar a la escritora, eslavista y traductora, que había abandonado Milán para mudarse al campo. Llevaba unos años viviendo en la finca que su familia poseía en Lucchesia, donde experimentaba con un nueva forma de cultivar no sólo el huerto, sino también los deseos, inspirada por el agrónomo taoísta Masanobu Fukuoka, teórico de la «no acción» en agricultura.

Una mirada, unas palabras intercambiadas en la tienda milanesa Cavalli e Nastri le bastaron para definirme con total exactitud en pocas palabras: aprendiz de podadora de granados. «Granados», promesa de felicidad, colorida explosión de vida. La poda como tendencia constante a reducir, contener, educar. Y, en especial, esa «aprendiz» que lo recoge todo: la curiosidad y el deseo de aprender de quien, yendo por delante, nos señala una dirección. Enseguida nació una amistad profunda, hecha de trueques vegetales y vitales y de reuniones y visitas a su finca, que se estaba transformando en jardín.

Así, cuando me convertí en la directora de *Gardenia*, la revista mensual de cultura botánica dedicada a los huertos y los jardines, quise que fuera Pia quien se despidiera de los lectores en la última página, para compartir con ellos esa felicidad que ella antes que nadie había encontrado en tales lugares. En cambio, Pia, que era una gran cultivadora de dudas, quiso atenuar una promesa tan grande. Se nos vino entonces a la cabeza «aprendiz», palabra que evoca más un recorrido que un resultado. Así, «Aprendiz de felicidad» se convirtió en la afortunada firma que durante diez años, de 2006 a 2016, cuando la mató la enfermedad degenerativa que padecía, acompañó a los lectores de *Gardenia*. Estoy convencida de que muchos la compraban sólo por esa sección… ¡Como aquel que me escribió para confesarme que se sentía un poco japonés porque empezaba a leer la revista por el final!

Cuando decidimos reunir esos artículos en un volumen, descubrimos que el libro ya estaba montado, que ella lo había organizado un mes tras otro, contando, como si fuera una novela, su historia de amor con el jardín, «corazón palpitante de eternidad que tiene como sístole y diástole el ciclo de las estaciones».

Su prosa era perfecta. Dificilísimo, casi imposible, cortar dos líneas las raras veces que ella enviaba un artículo un poco más largo que el espacio que tenía reservado. Todas las palabras eran necesarias; las descripciones, sublimes, como aquella de las *Iris pallida dalmatica*, una de sus plantas preferidas: «Deliciosamente luminosas a la sombra moteada del tilo, con esos pétalos de un trémulo azul lavanda en silenciosa conversación con sus gráciles lanzas y con las hojas redondeadas del árbol todavía transparentes de juventud».

De todos modos, quiero recuperar aquí alguno de sus temas recurrentes, como sus preocupaciones sociales. Hija única de la filósofa Elvira Genzone y de Giuseppe Pera, padre fundador junto con Gino Giugni del derecho del trabajo en Italia, Pia aprendió pronto «que, además de lo mío, existe lo nuestro, y que, sin lo nuestro, lo mío ni siquiera podría existir».

Le interesaban las experiencias de vida comunitaria, como la de «Longo Mäi» en la Provenza, para luego volver a ellas en el jardín. Fue responsable, junto con el maestro Gianfranco Zavalloni, de la asociación Orti di Pace [Huertos de Paz]. «Partiendo de los colegios —escribe en su manifiesto— hemos ampliado nuestro interés a los huertos terapéuticos, sociales y carcelarios; espacios en los que se aprende a cultivar flores y hortalizas al tiempo que se descubre un lugar ideal en el que entablar toda una serie de relaciones con la naturaleza, el medio y la comunidad, y en el que cultivar la paz interior». En 2006, creó la web www.ortidipace.org, que promovió a través de los artículos de *Gardenia*. Y en las últimas páginas de la revista se pueden leer los informes sobre los resultados y actividades. Tenía el compromiso, el deseo y la voluntad de influir en la realidad tejiendo una red con las mejores personas y las experiencias más interesantes. Los huertos escolares de Nadia Nicoletti, «la maestra que todos quisiéramos»; el liceo de Afragòla, en Campania, donde en un lugar de vertido incontrolado de basuras, alumnos, padres y profesores cultivan un jardín didáctico; y el colegio de Ponticelli, donde el huerto, bautizado como «Statt'acc...orto»[1], vivió sólo unas cuantas estaciones. Pia, sin embargo, era inasequible al desaliento. Y fue capaz de conmoverse hasta las lágrimas cuando, en una biblioteca de la periferia romana, Lorenza Zambon y otras actrices–hortelanas pusieron en escena el amor de quien consigue que brote una semilla y la protege mientras se abre, con un concepto de la maternidad que para ella consistía en «cuidar de nuestros hijos, pero también de los hijos de otras especies y otros órdenes».

Grande era su interés por los temas ecológicos, desde la inexorable marginación de los bosques en todo el mundo hasta los árboles urbanos víctimas de podas nefastas, «huérfanos entregados al mantenimiento institucional, carentes de las atenciones que la naturaleza querría pero no siempre consigue, orientados hacia quienes crecen entre miradas menos impersonales», hasta la utopía del rechazo de las máquinas, que la llevó a Suiza, donde Niculin Gianotti enseñaba a cortar la hierba con la silenciosa hoz, mucho más respetuosa que el estridente cortacésped.

Su satisfacción al leer en la encíclica *Laudato si'*, del papa Francisco, fue evidente: «Una noción distinta de pecado: toda conducta que comprometa nuestra casa común...

[1] Juego de palabras entre la expresión *statt accurt* [versión napolitana de *stai accorto*: presta atención, estate atento, ten cuidado] y *orto* [huerto]. Ponticelli es un barrio de Napoles. (N. de las Ed.).

Algo cambiará cuando logremos comprender que tenemos un cometido en esta tierra: custodiar lo creado, proteger la vida de las plantas, los animales y los seres humanos». Y grande fue su tensión espiritual, que la llevó a evocar la *Sancta viriditas*, la verde felicidad de Hildegarda de Bingen. Inspirada por la palabras de Bartolomé I, patriarca de Constantinopla, Pia escribió: «¿Quién no ha disfrutado de la felicidad de trabajar en el huerto como si fuera una oración silenciosa? ¡Con qué facilidad llega entonces la ascesis! Qué lugar tan perfecto, el jardín, para practicar con alegría la autolimitación, como un acto de amor hacia la creación entera, como un gesto protector de la frágil belleza del mundo, donde descubrir, como jardineros, la vía regia para dejar de ser propietarios y convertirnos en sacerdotes de la naturaleza».

En el libro volvemos a encontrar el paisaje que la vio crecer, la naturaleza que ella descubrió de niña siguiendo al padre caminante, correteando detrás del profesor y de sus mejores alumnos por los senderos de los Apeninos, única mujer admitida en una asamblea de hombres. Los horizontes son aquellos de las colinas de la Lucchesia, el monte Pisano, la Orecchiella, la vereda que conduce de Migliarino a San Giuliano Terme, el lago de Massaciuccoli, donde la niña descubrió la enea.

Naturaleza en diálogo con la finca–jardín y sus habituales. Angelo Lippi, el amigo botánico, y los ayudantes de la fase heroica del jardín, como Graziana y Guglielmo, «mitad Roberto Begnini, mitad Papageno». Y también Carlo, que descubrió la vocación entre las malas hierbas; Teodoro

Margarita, *seed saver* de Civiltà Contadina; y Lia, que aliñaba con flores las ensaladas, y otros muchos personajes.

Y están sus perros. Nino, el labrador aficionado a las uvas al que dedicó los racimos más bajos de la viña, y Macchia, la amada fox terrier, que, al igual que ella, adoraba dos cosas: la lluvia y excavar hoyos.

Pia encuentra el lado bueno incluso en los animales que llamamos «nocivos», como las termitas, que gracias a su acción devastadora transformaron sin saberlo un peral, insignificante árbol monotronco que jamás se habría podado de un modo tan drástico, en un armonioso arbusto de flores blancas. Lucha —es un decir— contra el vándalo puercoespín que destruye los lirios, tolera hasta el final de la estación el nido de avispas, nos enseña a mirar desde otro punto de vista a los caracoles que atentan contra las lechugas más tiernas del huerto. Se define como «una vegetariana fracasada por culpa de la gula».

Con total ironía, escribe: «Pertenezco (¿pertenecía?) yo también a esa tribu, gente que delante de un árbol se conmueve de tal modo que lo abraza con ternura. Nosotros, los ciudadanos neorrurales, llegados al campo con el desbocado idealismo del neófito...». Y luego, poco a poco, mes tras mes, se entiende que pasa de la teoría de la «no acción» a la profunda comprensión de las razones de los campesinos.

Aquí y allá, entre las páginas, aflora una sabiduría jardinera de la que poco alardea y que se afina con los años, capaz de explicar del modo más sencillo y eficaz cómo se cava un hoyo perfecto cuando la tierra está bien templada, ni demasiado dura ni demasiado húmeda, porque así se «asegura eso que los franceses llaman la *naissance*, la ventaja de crecer en una buena casa». Te enseña cómo separar una silvestre crecida como vástago de otra y volver a plantarla para salvarlas a las dos, a cubrir lo plantado con las hojas caídas, a preparar el huerto «con esa precisión con que los tipógrafos de antes colocaban las letras de plomo en la caja»; te enseña a despejar el jardín, porque, junto a lo lleno, se necesita el indispensable vacío, se necesita luz. «Esa luz que todo lo inunda, que es alimento para las plantas, me da fuerzas a mí, las fuerzas de la espera», escribe ya inmovilizada por la enfermedad, aunque todavía no quiere contárselo a los lectores porque detesta la lástima.

Y está él, el jardín. Mes tras mes, despliega el diálogo íntimo con el jardín, su «trajinar en el huerto», que va haciéndose más profundo con los años. No hay acumulación, sino un afinamiento de la percepción. Pero, sobre todo esto, es mucho mejor dejar que hable ella.

Nos hemos limitado a añadirle dos apéndices: el de las plantas, desde las más raras hasta las más comunes, y el de los libros, su gran amor, citados en las «últimas páginas». Libros y plantas, alfa y omega de la escritura de Pia Pera.

Aprendiz de felicidad. ¿Qué se aprende? Cada cual habrá de buscar en estas páginas sus propias respuestas. Por mi parte, yo he marcado una: «No dejar para mañana las alegrías tímidamente deseadas, como la de tener un huerto».

Emanuela Rosa-Clot,
directora de Gardenia

LA MAESTRA DE LOS HUERTOS

Octubre de 2006

La maestra que todos quisiéramos vive en un pueblo de montaña del Trentino. Con su mirada cómplice y pura, parece salida de las páginas de Adalbert Stifter. Tiene dos huertos: el suyo y el del colegio. Desde allí envía a www.ortidipace.org una crónica que recoge las aventuras de los alumnos entre fresas, repollos y calabacines. Me ha servido de antídoto contra varios conocidos que sacuden la cabeza con conmiseración cuando defiendo la necesidad vital de los huertos en los colegios. «A los niños no les gustan», me dicen. O también: «¿Y dónde encuentras tú a una maestra dispuesta a ensuciarse las manos de tierra?». Inútil discutir con quien se niega a creer. Mejor rebatirlo con la experiencia. Nadia Nicoletti lleva treinta años educando en el huerto sin que nadie se lo haya pedido, sólo por una feliz inspiración, y sin escatimar tiempo. El huerto doméstico verdea delante de su casa natal. Más que un huerto, es un enorme corazón verde que late desde hace varias generaciones en ese terreno ya delicadamente cultivado por sus bisabuelos y enmarcado por las pinceladas azules de las *Delphinium* y los brotes de las rosas que Nadia colecciona. Adosado a la pared de la casa, un pequeño vivero con sus cultivos preferidos, para regalar a los amigos. Charlamos mucho. Me impresionó que, con tanta cultura y riqueza de espíritu, no hubiera abandonado jamás su tierra; más sabia que muchos héroes románticos que sólo de viejos, cuando regresan a casa, descubren que los tesoros estaban allí de antemano. Luego quise visitar el huerto del colegio: grande, alegre y afortunado, dado que tiene por vecina una plantación de aromáticas y como fondo el circo verde de los montes. El edificio se ha levantado conforme a los principios de la bioconstrucción. Me conmovió el amor que expresaban los escolares por las plantas, el cuidado con que guardaban las pequeñas herramientas. «Me gusta venir al huerto, oler el perfume de las plantas aromáticas y ver los colores de las flores. Un poco menos, que los pulgones estropeen las plantas», dice un niño. Y otro: «Es precioso, me gustaría ir más veces porque lo disfruto mucho». Respondo a mis desmotivados conocidos que, para no robarles a los niños la experiencia esencial de cuidar un huerto —lugar mágico donde aprenden sin darse cuenta geometría, botánica, ecología y alegría de vivir—, no hacen faltan reformas, basta con la buena voluntad, el entusiasmo y la humanidad que sólo los puros de corazón tienen, de lo cual ningún niño carece.

UNA BUENA CASA

Noviembre de 2006

Sólo un jardinero vocacional lo comprenderá: pocas cosas equivalen al placer de cavar un hoyo. Por nada del mundo me reconocería inclinada a la *Schadenfreude* o alegría maliciosa por la desgracia ajena. Sin embargo, cuando en verano se seca una planta mis sentimientos no son siempre luctuosos. Hay plantas y plantas. Con algunas me vuelvo loca; con otras, se me calma el dolor. El tronco del sauce servirá para hacer leña; las ramitas, para los haces. El espacio libre, con alegría de viuda consolable, se lo reservo a una planta a la que debo la prueba de que las flores blancas no necesariamente perfuman más que las de color. En el jardín de Angelo Lippi, me dejó sin respiración una mata con aspecto de bíblica zarza ardiente iluminada por las lenguas de fuego de un naranjo que resplandece: es un olivo oloroso. «¿De ese color?», pregunté, estupefacta, porque estoy habituada a la variedad más común, la de las minúsculas florecillas níveas, la popular *olea*. Aquél era un *Osmanthus fragans* «Aurantiacus», originario, creo, de Makino. Para acogerlo con la dignidad que merece en el lugar del antiguo sauce, he preparado un hoyo como Dios manda, de los que no podía permitirme en los primeros tiempos, cuando la avidez de plantas y el cansancio de disponerlas en el jardín recién estrenado me obligaban a hacer la vista gorda con muchos agujeros cavados a toda prisa. A no ser que reflexionara, con la conciencia un tanto sucia, sobre las palabras de Nelson Mandela, cuando recuerda que atravesó con ánimo indemne su largo cautiverio por haber llevado a cabo la limpieza de las letrinas con la mayor escrupulosidad, como si se tratara de un ejercicio espiritual. Lejos queda la época de los jadeantes hoyos otoñales, porque ya hay poca tierra y las nuevas adquisiciones se cuentan con los dedos. Este año, uno solo. Esperé el momento justo, unos días después de las lluvias, para encontrar el terreno arcilloso y con el grado exacto de humedad. Una vez arrancado el pelaje herboso, cavé con calma, dejando libre de tierra amontonada un lado de la boca para no perder de vista el nivel del terreno con el que alinear el cuello de la mata. La azada entraba bien, así que lo agrandé para conseguir un hueco aún mayor y más profundo de lo prescrito, tres veces el plantón. Los guijarros del drenaje, el estiércol seco, el rodrigón, la tierra desmenuzada alrededor de la planta, más estiércol lejos de la raíz... Luego, de pie, aplasté todo el entorno con las botas, y, para acabar, la zanjita. Terminado el trabajo, lo contemplé con satisfacción. Este excelente hoyo garantizará al nuevo osmanto eso que los franceses llaman *naissance*, la ventaja de crecer en una buena casa.

¡CUÁNTA VIDA EN LA OSCURIDAD!

Diciembre de 2006

Desde luego, en el siglo XVI no faltaban bosques, ni tampoco selvas y naturaleza, por eso la diversión del jardinero era asombrar a los demás encorsetando árboles y arbustos en verdes esculturas y arquitecturas y domesticando lo que en otros parajes era indómito. La princesa de Clèves, sublime o tal vez sólo antipática heroína de la homónima novela de Madame de La Fayette, trata su corazón como si fuera una obra maestra del arte topiario; ya viuda, se niega a casarse con un hombre de extraordinario valor, al que podría unirla la más ardiente y correspondida de las pasiones, y presume de la intransigente virtud por la que nunca ha permitido que los sentimientos influyan en su conducta. Al menos en sociedad, porque en el corazón de la noche, y en el secreto del amado jardín de Coulommiers, cuando el orden impecable de los arriates floridos en los recintos de boj se atenúa y casi se sume en la más amplia respiración de la foresta que los rodea, se abandona a una tiernísima *rêverie*. Recupero la fascinación, ligera y potente al mismo tiempo, de semejantes libertades saboreadas en la oscuridad en estos días breves, cuando, oculta por tinieblas cada vez más espesas y reducida casi a una nada, la luz se prepara para invertir el rumbo. De la espiración a la inspiración, del lento apagarse a una recuperación impetuosa. Pero a escondidas, eso sí, quizá porque todo lo relacionado con la vida en sus aspectos más delicados, la concepción, el germinar de las semillas, el pensamiento del amor, ocurre con preferencia en la oscuridad. Y también el misterio fundador del cristianismo, el nacimiento de un divino niño en un paisaje que, como el del jardín invernal, se manifiesta bajo el signo del secreto, casi de lo incorpóreo. Desnudo en apariencia, libera energías invisibles como la fragancia melosa del calicanto, la apenas especiada del núcleo de la uña de gato, el bálsamo embriagador de una determinada madreselva. Acariciando la corteza brillante y roja de las ramas desnudas del cerezo, se abre camino la sensación de que, una vez perdido el cuerpo, nos quedará todavía un lugar terrenal en el que flotar, y se nos mete en el corazón el consuelo de la fe, porque florecen con certeza cosas todavía invisibles.

AGUA QUE APAGA LA SED DE LOS HUERTOS

Enero de 2007

El eremitorio es una dimensión íntima del jardín muy querida para mí; la reencontré en un convento fundado por los capuchinos, a comienzos del siglo XVI, en una estribación del monte Palanzana, en la provincia de Viterbo. Era una antigua cantera de *peperino*, la piedra de origen volcánico, hasta donde los frailes, montados en burros, llevaron tierra buena para huertos y viñas. Para irrigar, recurrieron a un manantial perenne, parecido al que, un poco más allá, animaría el espléndido jardín de Villa Lante, en Bagnaia. ¡Qué diferente uso del agua! En esa indiscutible obra de arte del jardín italiano, el agua se hace espectáculo, relato del diluvio. Pero en el eremitorio, en una relación con la naturaleza radicalmente distinta, continúa siendo matriz, se recoge en grandes cisternas de piedra y desde allí, encauzada por unos canalillos del mismo material, alimenta huertos y árboles frutales. ¡Qué encanto! Hasta la aparición de los tubos de goma, el agua se distribuía así en los huertos. Todavía hay quien recuerda lo divertido que era utilizar la azada con otros niños para canalizarla en la buena dirección. Después, ese juego altruista se esfumó junto con toda una forma de vida. En el antiguo convento, más tarde recuperado como ermita de San Antonio, también se nota un poco la ausencia de muchas manos grandes y pequeñas. Aun así, queda lo suficiente para que sea un lugar único, inspirador, en el que diseñar un jardín de colina, con sus pérgolas sostenidas en soportes grises de *peperino* repujado que suavizan los desniveles, junto con unos tejados que empiezan a ras de suelo y que delante del patio de piedra se presentan triunfantes con tres órdenes paralelos. La pérgola de las uvas, corazón místico del primer cristianismo; los ramales del agua; el *hortus conclusus* rodeado de un muro al que se abre, afectuosa, una ventanita; el brocal del pozo; mahonias y hortensias a la semi sombra de la parra. Cuando sigues los senderillos sinuosos, que a cada momento te reservan discretas sorpresas, una felicidad profunda te embarga. Es, quizá, la paz de siglos de faena absorta en la oración, la paz que nace del suave fluir de unas aguas demasiado tímidas para ofrecer espectáculo y demasiado amables para negarse a ir adonde las empuja la inclinación de un terreno trabajado con entrega.

EN EL CORAZÓN DEL PARQUE

Febrero de 2007

Los árboles más hermosos viven en las ciudades, pensaba yo durante mis paseos metropolitanos para interrumpir el trabajo de escritorio. Perfectamente plantados conforme a una idea de paisaje, ya monumentales, me parecía que resaltaban con un *pathos* mayor que el de sus primos de bosques y selvas, quizá no menos espléndidos, pero ocultos por la multitud de sus iguales. La despreocupada admiración de entonces ha cambiado desde que vivo entre los míos y conozco lo que se siente cuando los has plantado con tus propias manos (¡y tus propios pies!), cuando los has abonado y regado con solicitud, y los has protegido de la carcoma y de las torpes desbrozadoras.

Así que ahora miro de otra forma los árboles y los arbustos de los jardines públicos. Con ansiedad, diría yo, y casi con pena. Me recuerdan a huérfanos entregados a los cuidados institucionales, carentes de las atenciones que la naturaleza desearía pero no siempre consigue, orientados a quienes crecen entre miradas menos impersonales. Plantas públicas que unos ojos distraídos, absorbidos por otras preocupaciones y raras veces tocados por el sentido de su responsabilidad personal, confunden con una idea genérica de verde y de aire libre. Así pensaba yo, hasta que un amigo me regaló un librito de 1925, *Fra il verde dei giardini milanesi* (de Otto Cima, reeditado por Il Polifilo), donde leo: «Los jardines son regalos que los padres preparan para los hijos y los nietos».

Jardines de árboles grandes, desde luego, porque con naturalezas menos longevas allí no se puede admirar mucho. Un parque necesita de generaciones, pero, apunta Cima, aliviando así la ansiedad que he mencionado, allí nada nos impide abandonarnos a la dulce ilusión de estar en nuestro propio jardín. Puede que en un neblinoso día de febrero, cuando el frío cortante mantiene lejos a la mayoría y, sentados en un banco, vislumbramos más allá de los troncos desnudos una figurita, borrosa por la bruma, que se aleja, imaginemos a nuestro jardinero. Ejercicio que ojalá nos predispusiera a amar las plantas de todo el mundo con menor timidez, como se ama lo que nos pertenece, aquello que cuidamos por derecho propio. Considerando que, además de lo mío, existe lo nuestro, y, que sin lo nuestro, lo mío ni siquiera podría existir.

TENGO QUE DAR LAS GRACIAS A LA CARCOMA

Marzo de 2007

Pocas veces la belleza de un jardín es mérito único del jardinero. Sus creadores, conscientes o no, son siempre muchos, nunca uno solo. Hasta la carcoma puede jactarse de sus méritos, ella tan detestada porque debilita los jóvenes árboles frutales, mina los tiernos fresnos de flor y ataca a los nogales. Por eso, de vez en cuando me doy una vuelta armada de alambre para sacarla de las galerías en las que se esconde. No es difícil descubrirla, porque al pie de la planta roída se deposita un montoncito de serrín fino. Sigo con la mirada su trayectoria, y ahí está el agujero, a veces todo un cráter por donde enfilo el alambre para extraer y, si puedo, matar a la intrusa. Suelo llegar tarde, cuando ya ha roído todo lo que se puede roer y apenas queda del tronco el envoltorio de la corteza. En ese punto, basta con un soplo de aire para que la copa se precipite ruinosamente al suelo y el arbolito se curve. Así ocurrió con el peral florido. Hace años, cuando ya había alcanzado un tamaño muy respetable, lo encontré herido de muerte, doblado hacia un lado. No me quedó otro remedio que serrar el tronco y depositar una tímida esperanza en dos ramitas finísimas que le habían crecido al pie y que, pasado un lustro o poco más, alimentadas por unas raíces habituadas a proveer de linfa a un árbol de complexión muy superior, se transformaron en troncos vigorosos. De la curvatura de entonces no queda más que una mella en un punto que aún no ha cicatrizado por completo. La copa es exuberante. El otoño pasado era un esplendor de hojas anaranjadas y salpicadas de bronceadas peras en miniatura. Ahora es una fiesta de flores níveas. Me sorprendo pensando que, por mérito de la carcoma, disfruto de un árbol con un porte fascinante en vez de un arbolito como otro cualquiera, con el tronco recto y la copa simétrica, más adaptado al anonimato del verde público que a mezclarse con las plantas libres de mi jardín. De no ser por la intervención del detestable insecto, el peral continuaría siendo el árbol más común del jardín, porque yo nunca habría reunido el valor suficiente para podarlo de un modo tan drástico. Ahora, en cambio, se ha convertido en el destino preferido de mis paseos.

LA SOMBRA AMABLE DE LA ACACIA
Abril de 2007

Observa Chéjov en el *Relato de un jardinero mayor*: «En una tibia mañana de abril es extraordinariamente placentero estar en el jardín, oyendo el piar de los pájaros y contemplando cómo las flores, al salir a la libertad, disfrutan del sol». En la gélida Rusia, las flores tratan de zafarse de los mordiscos del hielo primaveral en la cautividad de los invernaderos; todas, no sólo las exóticas. Para verlas estallar en colores y atreverse a salir al aire libre se necesitan otros climas. Como el nuestro, que empuja a la protagonista del más jardinesco de los libros de Elizabeth von Arnim, *Un abril encantado*, a huir de la lluviosa Hampstead para alquilar un castillo en la costa de Liguria. Son páginas que te contagian una alegría inevitable y que yo adoro también porque ayudan con cierta socarronería a reconocer y cantar la belleza espléndida y generosísima del más vituperado de los árboles, la llamada acacia (*Robinia pseudoacacia*). Este año esperaré en vano la posibilidad de admirar desde la ventana de mi cuarto su florescencia a lo largo del margen extremo del bosque, puesto que un desconocido me la ha talado de raíz, tal vez porque algún día sus ramas tocaron los cables de la luz. Ha perdonado a las cercanas encinas —que son árboles nobles, ¡y menos mal!—, pero con la acacia no ha tenido escrúpulos. No me apetece quemarme la sangre con denuncias, pero me gustaría encontrarme con este señor y leerle la última media página en la que la escritora australiana, Beauchamp de soltera y prima de Katherine Mansfield, sorprendida por un florecimiento copioso e inesperado, descubre que está rodeada de una insospechada abundancia de acacias, «plantas delicadas, graciosas sucesoras de las glicinias». ¡Cuán cierto es! Imposible negar el parecido entre sus flores, a pesar de que una sea refinada y noble, y la otra plebeya y despreciada. Qué impagable felicidad tumbarse a su amable sombra, escrutar el azul de un cielo animado por el temblor de esas cascadas de flores blancas y aspirar su perfume al menor soplo de aire. Sobre todo cuando el jardín se encuentra inmerso en una claridad de lirios, de celindas, de clavelitos y de rosas. Y luego —espero no estropear la espiritualidad de semejante contemplación—, ¡qué placer salpicar de blancas florecillas dulces y fragantes el verde tierno de la ensalada de achicoria fresca!

¡ADIÓS, PUERCOESPÍN VANDÁLICO!

Mayo de 2007

Cada vez entiendo mejor a los campesinos que se ríen de nosotros los ciudadanos neorrurales, llegados al campo con el desbocado idealismo del neófito. Pertenezco (¿pertenecí?) yo también a esa tribu; gente que delante de un hermoso árbol se conmueve de tal modo que lo abraza con ternura, o bien que, sorprendida al atardecer por un concierto de estorninos en la copa de un cerezo, se detiene extasiada a escucharlo, cuando a un campesino lo que le apetece es ahuyentarlos a escopetazos. Tomemos el caso del puercoespín. Yo sabía que andaba cerca por unas púas canosas que encontré en el olivar. Hasta que el otro día un sobreexcitado ladrido de Nino me reclamó al seto donde, oculto entre las hojas, entreví un destello como de azabache. Mirando con más atención enfoqué un ojazo negro engastado en un morro de liebre grande pero armada, con una cresta puntiaguda que sería la envidia del más aguerrido de los *punks*. Y fui y me puse a susurrar: «Puercoespín, bonito...», y hasta me presenté con el ofrecimiento de un platito de pan y leche. Pasado el momento de ternura, comprendí que juntar puercoespines y perros no era un asunto práctico, porque ya me había tocado arrancarle a Nino varias púas del hocico. Y eso que aún no había notado la devastación entre los lirios: hojas arrancadas y tubérculos roídos. En cuanto a los muguetes, ni rastro. Así que empezaba a caer en la cuenta: había que ahuyentar a la maravillosa criatura. Cerré con barras metálicas todos los accesos. Y si no hubiera sido suficiente, habría aplicado el remedio que me susurró una campesina: dejar, por donde pasa el enemigo, unas bragas viejas impregnadas de orina para marcar el territorio, y recargarlas de cuando en cuando. Bastó con las barras, así que no hubo necesidad de emular la territorialidad canina. Y el resultado fue que ahora, en el jardín, admiro con un ardor duplicado las bellísimas *Iris pallida dalmática* en flor, mis viejas amigas que ya empezaba a dar demasiado por sentadas. Deliciosamente luminosas en la sombra moteada del tilo, con esos pétalos de un trémulo azul lavanda en silenciosa conversación con sus gráciles lanzas y con las hojas redondeadas del árbol todavía transparentes de juventud.

DE VERTEDERO A JARDÍN

Junio de 2007

Érase una vez, a medio camino entre Nápoles y Caserta, un colegio bonito y luminoso con mucho terreno alrededor. ¡Quién sabe cuántas maravillas habrían podido crecer allí! Sobre todo porque la pequeña ciudad de Afragòla, antes de que la gente de memoria corta la identificara con la camorra, podía jactarse de una más que respetable tradición agrícola. Digamos que el bien, al contacto con el mal, corría el peligro de quedar enterrado. Y literalmente, porque unos desgraciados comenzaron a utilizar el encantador patio del Liceo Scientifico Filippo Brunelleschi como un vertedero cómodo y céntrico de todo tipo de residuos, más o menos voluminosos, más o menos malolientes. Una afrenta que, por supuesto, no se podía aguantar. Si te haces de miel, te comen las moscas. En vez de desanimarse, profesores y alumnos respondieron transformando el lugar en un microcosmos para acoger las obras de la Madre Tierra. Lo llamaron Jardín Didáctico, porque ¿existe algo mejor que aprender del gran libro de la Naturaleza, al aire libre, invitando incluso a los que no van al colegio a reconectar con la Creación? Como el espacio era grande —¡qué bendición!—, integrando a padres y a expresidiarios, se crearon varios espacios para el estudio y la meditación poblados ora de helechos, ora de bambú y gramináceas, ora de aromáticas y florecillas del campo, rosas antiguas o crasas; además de muchos frutos de memoria local para conservar vivo el recuerdo, como el dátil de Sant'Andrea (*Diospyros lotus*), que en el pueblo llaman *Lignasantiell'de muort'*, es decir, «dátil de muerto», porque se vende el Día de Difuntos. Y luego están las *annurche,* las manzanas típicas de la zona, las peras Mastantuono, dulcísimas, pequeñas y con manchas como de óxido. El bosque se llama «de las emociones», por ser un lugar destinado a la escucha del corazón; y el huerto de árboles frutales, «de la solidaridad», porque las ganancias se dedican al asilo etíope de Quihà-Makallè. Algunas plantas comparten ilustres citas literarias. Otras, las cercanas al estanque, evocan el *Canto de las criaturas*, para culminar en el montón del compost, donde la Hermana Muerte revela su rostro amable transformando todo lo que está marchito en materia de nueva vida. Los alumnos están orgullosos de su jardín. Iolanda y Valentina quisieron que Rosa Fortunato lo escribiera, para que se sepa que «no todo en Campania da asco». ¡Gracias!

EL ENCANTO DE LA SELVA

Julio de 2007

Resulta curioso que en ciertas ocasiones una historia tristísima nos consuele tanto o más que una alegre. El pensamiento de la inexorable marginación de los bosques, de su erosión implacable y su reducción a unos retazos de verde corta la respiración —literalmente, junto con el oxígeno—. O mejor, cuando abrí la versión italiana del libro de Iain Buchanan, *Fatimah's Kampung* (Consumer's Association of Penang, 2008), ambientado en Malasia, me dejó sin aliento el encanto de la selva primaria, contado en imágenes de una minuciosidad casi inquietante, hasta el punto de que tuve la impresión de encontrarme allí dentro, de poder tocar las copas de los enormes árboles y de oír el silencio roto de cuando en cuando por el grito de un animal. Cuántas veces, siendo una niña como Fátima, la protagonista de esta parábola de nuestro tiempo, pensé que me habría gustado vivir allí. ¡Vivir! De pequeña no imaginaba que aquellas aldeas inmersas desde tiempo inmemorial en la dimensión fantástica de la selva estarían asediadas por excavadoras y máquinas estruendosas. No sabía que las fragantes casas de madera labradas por los bisabuelos se convertirían en piezas de museo, que se cazaría y se reduciría al hambre a las fieras salvajes y que aquellas increíbles flores de raíces aéreas y colores tremendamente encendidos se verían obligadas a buscar su salvación en los jardines botánicos del mundo, mientras que al gran tigre se le concederían unos cuantos metros cuadrados en un zoo. Es la historia de nuestro planeta, en otros tiempos verde y hoy gris y polvoriento. De niña, Fátima vivía entre árboles, a la orilla de un río de riberas escarpadas y aguas transparentes para la casa y el huerto en la estación seca. De adolescente, se encuentra encerrada, como en una jaula, en un bloque de cemento. ¡Terrible! ¿Y el consuelo? No es tan sólo el hecho de sentirse acompañados en la conciencia de tanta destrucción, sino también el ver que, entre millones de vencidos, alguien ha conservado la fuerza suficiente para no plegarse a un mutismo desconsolado, para dar salida al relato y continuar alimentando a las palomas. No se encuentra la energía necesaria para narrar si no es porque en algún rinconcito del alma, contra toda evidencia de lo contrario, se incuban el amor y la esperanza de un retorno de la maravilla perdida, aunque sea con otra apariencia.

UN ABRAZO PROTECTOR
Agosto de 2007

A medida que profundizo, mi trajín en el huerto se va configurando como un viaje hacia atrás en el tiempo. Partí inevitablemente neófita, llena de entusiasmo por *La revolución de una brizna de paja* y la agricultura de la «no acción». Después, poco a poco, comencé a comprender de forma íntima los motivos de los campesinos. Primero, descubrí que las malas hierbas están bien, pero no siempre, y que si tienen muchas espinas son una maldición. Más tarde, que lo silvestre es fantástico, pero sin exagerar; por ejemplo, en el caso de los puercoespines, mejor una reserva meditada. ¿El último paso *à rebours*? El alegre descubrimiento de la maravilla de un huerto cercado, el *hortus conclusus* de antigua memoria. Harta de ahuyentar de las lechugas al insolente gallo con su séquito de consortes a fuerza de gritos y de dar golpes a las ramas con un palo, me dije que se había acabado. Y aquí estoy, en el bosquecillo de bambú, disfrutando del encantador tintineo de la hoja del cuchillo contra la consistencia curiosamente vítrea de las cañas de las Indias. Las mondo pasando el cuchillo por la parte de las plumas y las corto con la medida exacta para construir las puertecillas de acceso entre un seto y otro. Y luego paso horas y horas sentada en el suelo tejiendo con ramiza de caña y ramos de sauce una barrera impenetrable en el telar de la cerca para impedir la entrada de los plumíferos, que, si bien revolotean, son más dados a revolver la tierra con el pico que a imaginar que podrían saltarse las barreras con un golpe de ala. Todo un día de trabajo, invadida por una sensación de laboriosidad asiática mientras trenzo las ramas con paciencia. Hasta que llega la hora del riego, que aquí, al pie del Penna, es mucho antes del verdadero atardecer, cuando el sol se oculta detrás del monte dando inicio a un largo y suave crepúsculo. Y, al fin, aquí sigo, sola en el huerto, con la manguera en la mano. Cuánto disfruto dándome cuenta de que por fin puedo regar sin molestias, cosa antes insólita, sin sufrir los juguetones asaltos de esa locuela de Macchia, la inquieta fox terrier que entrevé en el chorro de agua a una líquida criatura a la que detener a mordiscos. ¡Qué maravilla, qué paz! ¡Y cómo entendí en aquel instante la razón de ser del primer jardín, espacio cercado y protegido de las intemperancias de la Madre Naturaleza!

JUEGO BAJO LAS PÉRGOLAS

Septiembre de 2007

Lo admito: a veces, en mi huerto, me olvido de la realidad, dura por acuerdo universal. Así que noté que volvía a poner los pies en la tierra —o mejor, en el asfalto, ya que la tierra escasea cada vez más— cuando me escribió Lidia Savoldi, una heroica maestra amante de la naturaleza, que, desde hace diez años, junto a una compañera, ha dado forma a una serie de deliciosos jardines alrededor de uno de los habituales caserones escolares. Tiene un estanque en el que chapotea la pata Teodora, separado del dedicado a los nenúfares y la cola de caballo, por donde brincan los conejos Necio y Nuvoletta. El laberinto de aligustre oculta las pérgolas: hay nueces, caquis, uvas, kiwis y glicinias violetas, olivos, azufaifas y membrillos. Debajo, mesas y bancos para las fiestas y las meriendas.

En la parte opuesta del patio, escondido por una *Pterocarya frondosa*, el huerto. Un cómodo túnel en el que anticipar las hortalizas, y dentro las carretillas rojas y las regaderas azules de los alumnos. A cielo abierto, guardados por un espantapájaros confeccionado con pañuelos de lana, los macizos de flores, uno por cada una de las seis clases, diferenciados por la pintura de las botellas que sostienen la goma de la cerca.

Lástima, desde luego, que el resto del cuerpo docente no tenga conciencia del recurso formativo que suponen los huertos, los jardines y el contacto con los animales. Para compensar, una pareja de padres se ha apasionado por el proyecto hasta el extremo de haberse comprometido a ayudar en el huerto en todas las estaciones, incluido el verano, y no sólo mientras sus hijos estén en edad escolar, sino también después, para que el tesoro de aprender a ser felices entre las plantas llegue a todos. Regresé del colegio de Turín con un estado de ánimo mixto; triste porque, cuando se comprende su importancia, estos espacios verdes arrancados al cemento resultan todavía pocos; contenta por su generosidad, aunque no sean muchos; conmovida por algunas terracitas repletas de maceteros en los bloques que se asoman al patio del colegio, como si suspiraran de nostalgia por el campo perdido; preocupada por el predominio de la fealdad que no obstante confiere un *pathos* aún más intenso a los preciosos retazos de bien; y confiada en que, gracias a los destellos de verde que me había enseñado Lidia, los niños sabrán con la certidumbre que da la experiencia tangible que hay otro juego posible.

SOMBRILLAS DE BOJ

Octubre de 2007

Cuando no los retocas mucho, cuando los abandonas un poco a sí mismos, cada sitio desarrolla su propio lenguaje. De espacios sobre los que imponerse se convierten casi en personas con su propio encanto, capaces de atraer incluso a los más reacios a una escucha atenta. Así fue como se me quedó en el corazón Recale, encerrado entre tierras desfiguradas por unos constructores que cada vez recuerdan más a las prolíficas cochinillas. Después de recorrer unos caminos tan degradados que anestesian el enfado con una onírica sensación de aturdimiento, de cruzar los batientes de un imponente portón que da a un patio soleado y de atravesar un rellano oscuro por el contraste con la luz, se abrió ante mí el jardín en el que se estableció lord Hamilton en su época de superintendente del parque inglés del cercano palacio de Caserta.

En el paseo de las sombrillas, llamado así porque, en los bancos de piedra del Vesubio diseminados por el seto, el boj que se eleva y se ensancha como una medusa brinda el alivio de la sombra, casi oímos el frufrú de las faldas de seda de la hermosa Emma y de sus amigas, la duquesa Guevara de Bovino y la reina María Carolina. Un bálsamo para el alma son esos restos de dieciochesca *douceur*.

Y qué impresión causan los dos gigantes nunca podados, el árbol de los tulipanes y el del alcanfor, los primeros plantados en Italia con las semillas que envió Joseph Banks. En la *limonaia*, la pérgola de los limones decorada con frescos, reposa una barca de remos, de cuyos costados descoloridos aflora el recuerdo de juegos galantes bajo el claro de luna de un lago mínimo.

El jardín está vacío, y la imaginación encuentra vía libre. Así, remontando el torrente del tiempo, parece que nos espera en la terraza, desde siempre, una figurita como salida de las páginas de Anna Maria Ortese, que, con un gesto amable, se recorta contra el polvillo y levanta la tapa de la marmita empotrada. Quiere enseñarme la gata que allí dentro cuida a sus pequeños y los alimenta. En ese instante, siento que toco el nervio vivo de toda una poética. Como una agnición. Atenuado el dibujo nítido de la razón, queda un aura de radiante abandono, un *pathos* de ruina al borde de la nada, aunque refrenado por una obra modesta y sabia de simple mantenimiento. Un estado de gracia, tal vez un milagro germinado cuando, cosa singular, los señores de antes se han visto sustituidos por los descendientes de quienes entonces servían aquí.

UN HUERTO COMO UN BORDADO

Noviembre de 2007

Doña Rosina le gustaría mucho a Wisława Szymborska, la sensata poeta polaca que en *Lecturas no obligatorias* se ríe de aquellos que, en vez de limitarse a descansar, se entregan a complicadas prácticas de relajación. Tiene un huerto precioso en el corazón de Gemona del Friuli. Se lo regaló Nello, su amante y muy amado marido por sus sesenta años. Primero hubo que quitar los escombros del terremoto. Cuatrocientas veces llenaron y vaciaron de piedras el cubo. Luego, con el terreno ya libre, llegó entera y clarísima la visión del huerto: un rectángulo de verde puro junto a otro de tierra gris, bastante arenosa y rica en guijarros minúsculos. A los otros lados, la cerca de los calabacines, que de ese modo se quedan en su sitio, y de las dalias. «Así puedo regar incluso con un vestido de noche», me dice, elegante, con las perlas en el cuello y el pelo argénteo bien atusado. Bien atusado está también el huerto, con la hierba ondulada en una única serpentina, un mar apenas encrespado por la brisa amable. Cómo habrá conseguido, me pregunto, esa forma impecable. ¡Y no veo una sola hierba invasora! «¿Cómo lo hace?», le digo, «¿utiliza la azada de péndulo? «¿Qué es eso?», me pregunta con curiosidad. Me enseña unas tijeras con la punta redondeada, como las de los niños, que lleva en el bolsillo. «Uso éstas. En cuanto detecto una hierba que no debería estar ahí, la arranco así». Sencillo, como pasar del bordado al diseño sobrio del huerto, casi un tapiz con una urdimbre sin chapuzas. Todas esas hortalizas son demasiadas para los ochenta y cuatro años de una mujer sola. Así, por las mañanas llena una cesta y se la ofrece («¿la quieres?») al primero que encuentra por el camino.

No cultiva un huerto tan grande para comer, sino por la ternura de esa estancia a cielo abierto poblada de criaturas a las que cuida. «Estamos en el mundo para dar, ¿existe algo más bonito que amar?», decía la maestra. Y están esos momentos, como las tardes de verano con una luna llena que, al anochecer, brillaba junto al campanario de la iglesia. Su huerto y su mirada picarona y sabia, chispeante de agudeza y afecto, se me quedaron en el corazón. Una lección de franqueza: es evidente que no hay que usar porquería química y que el huerto debe estar limpio para no trabajar el doble. ¿Se necesita tanta verborrea?

UNA BOMBA DE SEMILLAS

Diciembre de 2007

La semilla contiene todo lo que la planta necesita para crecer; el código genético, en forma de embrión, y el alimento mínimo indispensable para los primeros días de vida, casi una placenta. Bastaría en circunstancias normales, pero no allí donde las lenguas de fuego han hecho tabla rasa de todo un ecosistema, ni tampoco donde las lluvias son pobres y esporádicas. En ese caso, para no aventurarse en el mundo antes de que las condiciones le sean propicias, la semilla no puede prescindir de una mayor protección. Esto es lo que ideó, entonces, Masanobu Fukuoka, el agrónomo taoísta que, con *La revolución de una brizna de paja*, nos enamoró de la Madre Naturaleza: mezcla las semillas de todo género, especie o procedencia con polvo de arcilla y las humedece hasta obtener un único grumo maleable. Separa varios trozos y los frota entre las palmas de las manos para hacer muchas bolitas. Luego las deja secar a la sombra antes de esparcirlas por el campo y las colinas. Las semillas duermen hasta que cae una lluvia suficiente para empapar la arcilla.

Gracias a esta cáscara añadida no corren el peligro de despertarse de repente, con las primeras e inseguras gotas de lluvia, ya que en ese caso se marchitarían antes de alcanzar el seno húmedo de la tierra con las minúsculas raíces. Protegidas, se abren a la vida en el momento justo. Y ni siquiera se equivocan de dirección, pues en el punto de contacto con la tierra la bolita está más mojada y es más permeable, de forma que la raíz apunta con seguridad hacia abajo, sin ningún dispendio de energía. Durante mucho tiempo, Fukuoka enseñó a preparar las bolitas a mano, en una simple escudilla. Más tarde, ideó con Panos Manikis, su discípulo griego de Édessa, un método más adecuado para las catástrofes de los últimos años: mezclar la arcilla y las semillas en hormigoneras sin hélice. De este modo, además de una gran cantidad de bolitas, se obtienen pequeños cilindros y cubos preñados de semillas, suficientes para llenar la cabina de un avión. Y ya no llueven bombas del cielo, sino arcillosos proyectiles de esperanza en regiones devastadas por las guerras, las sequías y los incendios. En Grecia, y también en Tanzania, Afganistán y el desierto de Gobi. Alegra el corazón pensar en los millares de semillas lanzadas este último otoño, las cuales, al llegar la primavera, nacerán en las colinas desfiguradas por los troncos carbonizados haciendo evidente la resurrección del bosque.

EL GENIO DE MI FINCA

Enero de 2008

En el corazón del invierno nos quedamos cara a cara con la esencia más íntima del jardín. Poca distracción, detenidas las floraciones, esquivas las fragancias, diezmadas las hojas. Un silencio afín a la quietud interior. Casi dan ganas de preguntar quién eres, qué eres y dónde estás al escenario de nuestras diligentes labores de azada, tijeras y rastrillo, en el cual ahora nos movemos sencillamente así, sin más, saboreando el amor profundo que nos ata, quién sabe por qué, a esta parcela concreta de tierra. No, mejor rendirse, imposible explicarlo de un modo convincente. Entonces vienen en nuestra ayuda unas palabras imprecisas. Un no sé qué, fórmula maravillosa para reivindicar el derecho al gusto sin la obligación de demostrar nada. O también, el *genius loci*, con su sugerencia algo pagana. Es bonito enriquecer los momentos de soledad despreocupada entre criaturas tan amables, las plantas, con esa presencia invisible, dejándonos llevar de la mano mientras nos ponemos a la escucha absorta de la emoción que transmite este espacio en concreto, sus ritmos, sus geometrías ocultas, su timbre. *Genius loci*, leo en el texto homónimo de Vernon Lee, como todas las divinidades merecedoras de veneración, tiene la misma sustancia que nuestro corazón y nuestra mente, es una realidad espiritual. Por eso creo que su estación más brillante es el invierno, por ser la más incorpórea, cuando la percepción se afina y, aún más que las cosas palpables, percibimos armonías elusivas y olfateamos tesoros ocultos. Aquí, en mi jardín desnudo de atractivos altisonantes, carente de panoramas que corten el aliento o de huellas de un pasado glorioso, vivo con ánimo contento, satisfecha de lo que veo, nunca debilitada por el comecome de la angustia. Doy las gracias al genio bueno de este pie de monte e intento imaginarlo como un espíritu infantil encariñado con las dos colinas calcáreas que rocían lentas pero seguras los campos de tierra arcillosa sin nunca permitir que se sequen en profundidad. A Pavese, que en este mundo amaba a las mujeres, le habrían parecido dos fecundas mamas dedicadas a nutrir a un *genius loci* todavía niño y mal preparado para darse una fisonomía demasiado marcada, que se divierte desordenando las cartas, suavizando las lindes, para configurarse, sin olvidar nunca su humilde situación respecto a la masa imperiosa de las colinas, casi como un útero dispuesto a recibir la energía que fluye desde lo alto con un balbuceo de gratitud.

LA CANCIÓN DE LOS ÁRBOLES

Febrero de 2008

Las plantas no siempre están calladitas y tranquilas mientras nosotros las cortamos. Se dejan oír, y no sólo con discretos crujidos y alientos bajitos. A veces suenan con el fragor de un órgano o con endiablados ritmos de castañuelas. Hoy, mientras deambulaba con las tijeras de podar atadas a la cintura, me he detenido delante de la *Koelreuteria paniculata* que sembré hace años junto al estanque. Ya es un arbolito discreto esta sapindácea del norte de la China que brota en verano con luminosas panículas floridas, capaces de soportar impasibles la peor aridez. El sol del mediodía la embestía con rayos oblicuos que doraban las broncíneas cápsulas seminales y, con la transparencia, descubrían las esferitas redondas y oscuras de las semillas. La tranquila contemplación quedó interrumpida en cuanto noté varias ramitas de más que podrían complicar su crecimiento. Un primer corte con las tijeras y oigo un alegre estrépito, un intenso crujido de sabor arcaico, como si agitaran un fetiche agreste. El alboroto, una música percutiva de timbre seco y como de papel, lo producía el golpeteo, unas con otras, de las innumerables cápsulas seminales que cuelgan de las ramas como elegantes farolillos; trinidad de caras cordiformes conjuntas. A cada golpe de tijera, aumentaba el volumen sorprendente de ese jaleo festivo, hasta que todo el árbol empezó a sonar como una especie de escobilla de batería. Me gustó ese canto decidido en un árbol, ese alzar la voz comportándose como un chamán en estado de trance. Y me ayudó a dejar de lado el mudo abatimiento del día anterior, cuando un paseo en dirección al collado del monte que se alza detrás de mi casa me condujo directa al corazón de la devastación brutal, insensata, de una magnífica parcela de maquia mediterránea, lo poco que quedaba en el árido monte Pisano. Encinas seculares, chopos, arrayanes, todos abatidos y en gran parte abandonados, obstruyendo el sendero. Continué mi subida desde el Cotrozzi hasta el Moriglion di Penna, saltando por encima de las ramas y los troncos mutilados, para descubrir que los ignorantes peones que se encargan de la poda del bosque habían amontonado las herramientas y los cables de acero justo en el modesto calvero donde viven los únicos ejemplares italianos de *Ophioglossum azoricum*, un helecho raro que crece allí espontáneamente. Y que sufrió sin rechistar aquel mortífero pisoteo.

LA LUZ DE NUESTRO JARDÍN

Marzo de 2008

No sé si alguno de nosotros se atreve a pensar en su jardín como una obra de arte, pero me arriesgaría a decir que el simple acto de colocar unas cuantas macetas de geranios y retroceder unos pasos para ver el efecto es una experiencia estética. El jardín es la más efímera de las artes, pero está anclada a ese corazón palpitante de eternidad que tiene como sístole y diástole el ciclo de las estaciones. En sentido clásico, Fernando Caruncho, el jardinero filósofo, expresa bien de qué se trata. Sus palabras impresionan como una advertencia; sobre todo en una época difícil como la nuestra, cuando la crisis ambiental preocupa tanto que nos obliga a olvidar su significado original y más desenfadado. Habitado por dioses o, cuando menos, por ninfas, el jardín antiguo era un lugar donde encontrar el misterio. Su armonía comunicaba el sosiego necesario para vencer el miedo y afrontar la soledad y el silencio eterno. Sócrates, y después Platón, lo consideraban el sitio óptimo para entrenarse en el uso de la razón y de su luz. Luz. Llegados a este punto, quien sólo piensa en el jardín en términos de plantas tendrá que ampliar la visión. La sutil diferencia entre un jardín entendido como objeto de contemplación estética y un sencillo espacio verde se halla en la luz. La intensa luz mediterránea, con sus fuertes contrastes, crea movimiento, ritmo y geometrías de luces y de sombras; baña las hojas lustrosas y duras típicas de nuestro clima, el enlucido de las paredes y la superficie áspera de las piedras y la gravilla. No tiene sentido plantearse el problema de si nuestros jardines son antiguos o modernos, afirma Caruncho; en todo caso, cabría preguntarse si nos permiten experimentar ese estremecimiento de agnición que sólo es posible frente a lo sagrado. Si de verdad encarnan en la naturaleza un sueño humano. Mientras lo oía, me daba cuenta de que entraba en un espacio mental, donde, finalmente, todavía era posible tender un puente sobre el abismo abierto entre una gran tradición y nuestra inquieta sensibilidad de jardineros preocupados por la desaparición de la naturaleza misma. Es ahora, con el final del invierno, con ese dibujo nítido, cuando casi podemos palpar lo invisible. Aprovechemos para dirigir también el foco hacia nuestro jardín, para ver mejor su forma y ayudarlo a convertirse, por utilizar la hermosa expresión de Fernando Caruncho, ¡en un recipiente de luz!

SABROSAS HIERBAS ESPONTÁNEAS

Abril de 2008

Todos los años espero con gula el mes de abril. Aún es pronto para cultivar en la tierra las hortalizas de verano seleccionadas por muchas generaciones de campesinos; en todo caso, es tiempo de aceptar cuanto, irrefrenable y generosa, la Madre Naturaleza manda en primera línea: las exquisitas y, sin embargo, espontáneas hierbas del campo, con su sabor anárquico y libertario, que las hizo tan queridas, supongo que por afinidad electiva, para un modenés sospechoso de ser un librepensador, Giacomo Castelvetro, sobrino de aquel Lodovico a quien la Inquisición no perdonó sus estudios de Aristóteles. Después de la condena del tío, la huida, ocultos en unos cestos a lomos de una mula, de Giacomo y de su hermano. A éste, menos afortunado, lo quemaron en Mantua, pero Giacomo peregrinó por varios países hasta recalar en Inglaterra. Ya setentón, presa de una glotona nostalgia por los sabores del Mediterráneo, en 1614 escribió un *Brieve racconto di tutte le radici, di tutte l'erbe e di tutti i frutti, che crudi o cotti in Italia si mangiano*.

Lo recuperan, en pocos ejemplares, Silvana Amato y Angela Liguori (Almenodue), editoras artesanas y manuales, decididamente a contracorriente de las tiradas industriales. Y así todo vuelve de nuevo: la serena paciencia de batir el campo en busca de brotes de lúpulo, rositas de diente de león, puntas de malva, hojas de achicoria, corazones de lampazo mayor, espárragos silvestres para chamuscar un poco a la parrilla y ruiponces, junto con la diversión de imprimir, plegar y encuadernar a mano un buen papel, no menos agradable al tacto que una hoja de bardana.

Castelvetro recomienda las hierbas de primavera para purificar la sangre espesada por las parrandas invernales. Escribe sobre la ensalada mezclum y la «olla podrida». Explica a los inexpertos ingleses cómo se lava la ensalada —sin escurrir las hojas junto con el agua, sino levantándolas una vez que la tierra se haya depositado en el fondo de la palangana—, y también cómo aliñarla, con abundancia de sal primero y de aceite después. Se consuela con acabar una vida aventurera en un país tan abierto a los refugiados como a los usos alimentarios del otro lado del Canal de la Mancha. Seguro que en su corazón encontró mucho en común entre los tribunales de los que había huido y la mirada ceñuda de quien pretendería arrancar del jardín hasta la última de las hierbas espontáneas y amontonarlas en una hoguera de hierbas heréticas.

EL BAMBÚ, UN APETITOSO INVASOR

Mayo de 2008

A principios de mayo, en vez de tomarla con la vitalidad irrefrenable del bambú y reprocharme no haber reunido ganas de frenarlo mediante alguna barrera enterrada, miro su lado bueno y hasta apetitoso: ¡los brotes! Me siento infinitamente agradecida a cuanto crece por iniciativa propia y me ahorra todos los esfuerzos menos el de la cosecha. Lo pelo hasta llegar al corazón más tierno, afecto sutil, y lo dejo macerar en zumo de limón. Éste fue durante muchos años mi método, un poco superficial. Luego, llegó a mí *Aperture contemplative sui bambù*, de Adriana Bonavia Giorgetti, me gustaron sus fulminantes citas de autores orientales, el relato del destrozo con el que crece esta planta, la de mayor tamaño entre las hierbas, o de la calma serena que se oculta en el corazón del bosque de bambú, surgida de un mundo trascendente, que aquieta la vida de su entorno como si adoptara una distancia psíquica. En el fascinante librito encontré asimismo una receta menos tosca para estos que, bien pensado, son tallos, ni más ni menos que espárragos. Así que, una vez limpios y cortados en taquitos, se hierven unos diez minutos, se cuelan, se vuelven a cocer en otra agua, se enfrían y se condimentan con aceite y sal, o con mahonesa. Cocidos se digieren mejor. Los saboreo con una pizca de maliciosa picardía, porque soy incapaz de olvidar el salto entre la trepidante veneración con que se describen los retoños —«vidas que nacen, henchidas de potencia, vibrantes en su crecimiento»— y el prosaico fin de tanto poderío en mi plato. Sin embargo, no tengo derecho a reírme de otros a sus espaldas. ¿Cómo negar que también yo me he lanzado a ciertos vuelos pindáricos sobre la belleza de una flor de calabaza, para, una vez concluida la contemplación, rebozarla y freírla? ¿Se referirá a eso Oscar Wilde cuando escribe que los seres humanos matan todo lo que aman? Tomemos a Pisis: primero pintaba los peces, después se los comía. Me vuelve a la memoria un episodio de mi infancia. Estamos a la mesa, en la bandeja un exquisito conejo a la cazadora con aceitunas. «¡Nacido en la familia!», dice la tía, orgullosa de su crianza. «¡Crecido en la familia!», añade mi madre. «¡Y asesinado en la familia!», concluye con dulzura mi abuela.

AL FRESCO DE LA ORECCHIELLA

Junio de 2008

Agotada por los días más calurosos del año, largamente expuestos a los rayos de un sol implacable, abandono la finca a su destino inmóvil para subir a los Apeninos de la Orecchiella. Me dirijo a la húmeda turbera de esfagno, florecida de cardamina y de calta palustre en el frescor del hayedo. Me gusta saborear el silencio de los pasos ahogados por la espesa alfombra de hojas castañodoradas, los raros helechos que crecen donde la cúpula de las copas deja pasar un rayo de luz, un batir de alas invisibles y, de cuando en cuando, el crujido de una rama quebrada. Es una fluctuación de sensaciones indeterminadas que, sin embargo, no consiguen cristalizar en un placer vívido. Falta algo. Desde luego, para obtener un dibujo claro de tantas impresiones indistintas no bastaría con una cámara fotográfica o cualquier otro instrumento de reproducción mecánica. Se requiere algo diferente para disfrutar todo esto hasta con los ojos cerrados, en una quietud absorta. Y lo encuentro en las páginas del más elusivo de los escritores, J. A. Baker. Leyendo *The Hill of Summer*, comprendo al fin lo que debo percibir y cómo. No los árboles uno a uno, sino la luz residual del cielo filtrada por las ramas. No las hayas, sino su brillo acuático. No la corteza de los troncos, sino la empalizada de luz gris y fluctuante. No el terreno, sino las raíces nudosas que afloran parecidas a músculos expuestos y el mosaico de cáscaras de semillas y hojas muertas. No las ramitas serradas, sino su respiración marina.

Y las voces del bosque, ¿indescriptibles como lo ignoto? No soy consciente de oírlas, sino de verlas como parpadeos en el crepúsculo, caídas a intervalos, trinos brillantes, presencias que dan la sensación de condensarse a partir de la sustancia misma del bosque. Por eso no conseguía abrirme por completo al encanto del hayedo; faltaba el instrumento de ese lenguaje tan semejante a un microscopio, capaz de borrar cualquier resalte limpiando, mediante un enfoque minucioso, todo fragmento de realidad. No se alcanza la plenitud de la experiencia por acumulación, sino por afinamiento de la percepción. Como animales hablantes, para adueñarnos gozosamente del misterio del bosque y aceptar su aquí y ahora, necesitamos capturarlo con redes de palabras perspicaces. Al abandonar el bosque, ya casi no me afecta el bochorno del llano. Me resuena en el corazón un tesoro de palabras luminosas como estrellas.

QUE CREZCA LA HIERBA PARA PROTEGER EL LETARGO ESTIVAL

Julio de 2008

Durante mucho tiempo creí que el letargo sólo consistía en ese fascinante repliegue invernal dentro de cuevas escondidas, con el pelaje bien relleno de pingües reservas alimentarias, que practican algunos animales salvajes. ¡Cuánto más misterioso es el letargo estival! En apariencia, no se oculta nada, todo está al descubierto. Los animales no dejan de ingeniárselas para encontrar comida. Pero hay plantas que casi se detienen, transpiran menos, no florecen, no crecen; en suma, no se mueven. Están, en efecto, aletargadas. Verano e invierno, estaciones extremas que recortan con precisión los perfiles. El frío dibuja nítidamente los árboles desnudos, la aridez detiene el crecimiento de la hierba, la aplasta contra el suelo y forma un fieltro amarillento, casi quemado. Pese a todo, la vida continúa incluso expulsada a los márgenes. Por eso me gusta dejar alto el heno, para multiplicar los refugios en los que se atrinchera la vida, lo que, en lenguaje técnico, se llaman gradientes. Lo comprendí hace años en las páginas del naturista californiano Paul Krafel.

En *Seeing Nature*, el autor explica cómo originaron las plantas toda la vida de un planeta que, en la noche de los tiempos, era roca pura, agua y gas: «Abandonados a su suerte, tierra, agua y aire se separan. Abandonado a su suerte, el suelo se comprime y crea una frontera neta y estéril con el aire. Pero la vida gasta su energía en transformarla en un gradiente, una mezcla de tierra, humedad y aire a una profundidad de pocos o de muchos centímetros. Las plantas respiran los gases del cielo, absorben los minerales y la humedad del suelo y mezclan tierra, cielo y agua en su organismo. Y así, alimentan a todas las criaturas». En los gradientes se celebran las bodas entre los elementos. Al principio, las separaciones son claras; después se termina el aislamiento; roca y fuego, agua y aire se entrelazan por las franjas fronterizas a las que debemos todo. Allí donde se corta la hierba, la tierra se reseca, quemada por el sol implacable. Por el contrario, la cavidad del heno garantiza un margen de frescura, una sombra amable, una temperatura más templada, donde grillos y lombrices encuentran su salvación. Abandono la hoz, no sólo por amor a las zanahorias silvestres, vivísimos encajes capaces de florecer en la nada, sino también porque conozco la liberación que representa para las criaturas pequeñas ese poco de heno interpuesto a la violencia del astro de fuego.

POR EL JARDÍN DEL EDÉN CORRE LA LECHE

Agosto de 2008

En Oriente, el jardín medita con sutileza sobre la provisionalidad. En nuestra tradición más agradable, celebra el Paraíso. Aun así, no deja de ser curiosa la ligereza con que se olvida que por el jardín de los orígenes pululaban animales maravillosos, míticos y benéficos. En la espléndida gruta de los animales de Niccolò Tribolo, dentro de la medicea Villa di Castello, están esculpidos en mármoles y piedras de variados colores.

En mi finca, sin embargo, convivo con dos perros, alguna víbora insolente que me saca la lengua cuando la molesto y unas gallinas a las que robo un par de huevos a diario, aunque les dejo dos a cambio; eso sí, marmóreos. Si fuera más industriosa podría emular a Frederic Eden, cuñado de la famosa Gertrude Jekyll, que decidió instalar en Venecia el jardín de las delicias, al que parecía destinado por tan curioso apellido. Inválido, supervisaba desde su *chaise longue* la plantación de uvas, moreras y rosas, y la construcción de pozos y albercas. Todas las delicias de este mundo al amparo de pérgolas umbrías, con el chapoteo de la laguna al otro lado del muro. Pero faltaba algo: ¡la leche fresca! En *Un jardín en Venecia* cuenta la llegada en el velero *Namouna*, amarrado en el astillero durante el verano, de una espléndida vaca suiza. A las vacas no les gusta la soledad, así que Eden compró una docena: suizas para la leche y austriacas para la nata, ¡lo que aumentaba la necesidad de heno! Pues bien, se agenció entonces de varias hectáreas de tierra en Sant'Erasmo y desarrolló un floreciente comercio de leche de calidad superior a la veneciana, así como de nata y queso. Satisfecho con los beneficios, afirmó que en ningún otro país como en Italia, salvo tal vez en su Inglaterra natal, «un hombre honrado puede vivir libre de las imposiciones de leyes y reglamentos».

¡Cómo ha cambiado todo desde aquellos alegres comienzos del siglo XX! En una colina cercana vive una joven que toca el piano y ordeña sus magníficas cabras del color de la miel, pero no se le permite vender los frescos y fragrantes quesos porque los obtusos legisladores no han pensado en casos como el suyo, que no es industrial, sino artesano. No creo que a ella le disguste mucho. No puede comerciar, pero en compensación dispone de todo el tiempo del mundo para intercambiar miradas agudas con sus pocas cabras y para cuidarlas con una tierna despreocupación.

PAZ EN EL CAMPO

Septiembre de 2008

¡Cuánto ruido para nada en el campo! Abro la ventana y me chirría en los oídos el insolente zumbido de un cortacésped. Me tumbo en la hamaca y un sonido atronador como el de un avión dirige mi atención a la polvareda que ha levantado un tractor. Un sentimiento de rabia me lleva a desear que los chorros de petróleo lleguen hasta más allá de las estrellas. Pero luego me apacigua el recuerdo de la amable percusión de una treintena de martillos golpeando los yunques. Los oigo encantada desde el otro lado de la verja de una finca que está más arriba de Lugano, donde Niculin Gianotti enseña la ciencia que podría devolver la paz a los campos, la de afilar hoces y guadañas como cuchillas inexorables. Me siento en el tocón que tiene incrustado el pequeño yunque de campo. Niculin me explica con paciencia cómo colocar los dedos a salvo de cortes y martillazos. Golpe tras golpe, la hoja se afila; para que no se caliente demasiado y el acero se temple como es debido, de vez en cuando hay que mojar el martillo en el cuerno lleno de agua que llevo a la cintura. Deng, deng, deng…

Qué hermoso sonido, mientras que el metal oscuro se vuelve plateado y la hoja se afina y brilla. La guadaña de siega es larga, así que la dejo correr por los pantalones, al tiempo que la aprieto con los dedos contra el borde del yunque. La hoz y el martillo, en cuanto símbolo, son tan abstrusos como un emblema, una divisa heráldica. Retomados en su realidad concreta son el instrumento que independiza a campesinos y jardineros de las energías fósiles; la emancipación de las guerras del petróleo; la posibilidad de no fastidiar. Veinte minutos después, paso el dedo a lo largo de la hoja... ¡podría rasurar a un gigante! La pruebo en el heno, y es bonito verlo inclinarse en silencio y caer al paso de las hoces, mientras que con un empujoncito mínimo de la parte cóncava imprimo un movimiento rotatorio al mango; pies y piernas ocupados en un ballet esencial. De regreso a casa, me siento en el tocón del yunque y empiezo a golpear la hoz, que no utilizaba desde hacía mucho tiempo.

Una media hora después, ya está. Comienzo la siega. ¡Qué fácil es limpiar debajo de los árboles y de los setos sin romper las ramas! Bastaría con practicar un poco ese gesto sencillo, nada cansado cuando se afila bien la hoz, para liberarse de la molesta esclavitud de revisar el motor todos los años, de ir a rellenar el bidón a la gasolinera y de ensuciar con ruidos desagradables la quietud de los campos.

EL HUERTO, CENICIENTA DE LOS DESEOS

Octubre de 2008

Estoy deshaciendo el huerto estival… Quito los rodrigones de caña a las tomateras y a las judías, y desarraigo berenjenas, calabazas y pimientos ya secos. Una sombra de melancolía, atemperada por el pensamiento de lo afortunada que soy por tener este trocito de tierra y dedicarme a cultivarlo. Esta mañana, holgazaneando en la cama, hojeaba un libro que lleva años conmigo, las cartas de Pável Florenski. En una de ellas escribe a su madre desde el campo de concentración a propósito de sus antepasados. A todos les había gustado el mundo de las plantas, todos habían soñado con dedicarse a cuidar un huertecillo, al menos en la vejez, pero ninguno lo había conseguido. Sucede que el humilde placer del huerto es la Cenicienta de los deseos. Aplazamos su realización, pensando que siempre habrá tiempo después. Después, cuando ya no tengamos que ocuparnos de cosas más serias, más difíciles, más propias de las obligaciones de una persona activa. Pero ese «después» podría no llegar jamás. Confinado en Siberia para estudiar el *permafrost*, el terreno congelado a un nivel muy profundo que entonces se creía perenne, aunque ahora sabemos que acabará deshelándose y liberando a la atmósfera cantidades inimaginables de metano, Florenski presentía que iba a tocarle una suerte idéntica a la de sus antepasados y que tampoco él tendría un huerto. Confiesa a su mujer, Annulia, cuánto lo alegra que al menos ella ande trajinando entre las plantitas. Desde niño, escribe, sentía pasión por las plantas, les hablaba y vivía entre ellas como los amigos más queridos, pero precisamente ese sentimiento le impedía estudiarlas de un modo más profesional: «Me parecía un enfoque demasiado frío».

Ya. ¿Estudiamos a los amigos del alma? ¿Los analizamos? Aplicarles un juicio analítico, clasificatorio, ¿no sería en cierta forma profanarlos? No, las amaba con demasiada pasión para atreverse a estudiarlas, sólo deseaba tenerlas cerca. Guardó para sí la idea secreta de entregarse a las plantas algún día, «después de liquidar todas esas cosas de las que debo ocuparme, y volver a vivir en estrecho contacto con ellas, como cuando era niño. Fue también un sueño de mi padre y de mi abuelo, pero ninguno consiguió hacer realidad su deseo». Como si una insondable fatalidad los obligara a posponer a un futuro incierto esa alegría deseada con demasiada timidez.

ANÉMONAS Y MELISAS, UNIDAS A LO LARGO DEL SENDERO

Noviembre de 2008

En este suave veranillo de San Martín florecen aún las anémonas japónicas. Con los años, han ido multiplicándose por el senderillo que conduce del huerto al olivar. Gracias a este gozoso esparcimiento han entablado una tierna amistad con la melisa. A finales de junio, después de varias semanas de copiosas lluvias primaverales, unidas en una gran ola verde, tenían algo de suntuoso, una elegancia que me alegraba aún más al reparar en que yo no la había programado. Feliz, imprevisto connubio entre una planta llegada de muy lejos y otra brotada del campo para recibirla con un fragrante abrazo de bienvenida, una especie de oleada que caía con gracia a la hierba cortada del sendero. Hasta que un día dejé solo al jardinero con el encargo de segar las zarzas que habían crecido hasta la linde. Centenares de metros, ¿podía quedarle tiempo para algo más? Pues sí... Yo creo que en los motores de explosión hay un ritmo convulso, una irritación ofensiva, que idiotiza incluso al mejor de los seres humanos. Ni siquiera Guglielmo, personaje a medio camino entre Roberto

Benigni y Papageno, resultó inmune a la hipnosis del motor de explosión. Se puso el mandil, se tapó la cara con la máscara protectora, agarró el cortacésped y entró en otra dimensión psíquica: la dimensión de la máquina.

Las máquinas no piensan, cumplen órdenes. Y su noción de orden, pasiva, está simplificada. El lector ya se lo habrá imaginado. Guglielmo, presa de un trance técnico, se puso a seguir el cable rodante del cortacésped, el cual, por una fatalidad imperscrutable, no lo condujo hacia las espinas de las zarzas, sino en una dirección más amena, hacia las anémonas japónicas. Éstas se salvaron, pero la melisa, pobrecita, la cortó de raíz, porque en el orden que conciben las máquinas sólo se le reconoce el derecho a existir a lo que, igual que ellas, existe por voluntad exclusiva de las alturas. Con ella desapareció la belleza del arriate. Solas, las anémonas ya no decían nada. Pasé todo el verano regando los pobres muñones de melisa, hasta que ésta tuvo la bondad de crecer otra vez desde las raíces. Poco a poco, la ola ha vuelto a elevarse. Con el otoño, ya casi había vuelto la del principio del verano. Le dedico el último y conmovido adiós antes del letargo invernal.

DEDICADO A LOS GUARDIANES DEL JARDÍN

Diciembre de 2008

Durante estos días cortos, vibrantes de fragancias invisibles, en el jardín reducido a su esqueleto percibo sobre todo la tierra. Una energía latente de fertilidad. Y se agita en mí una inquietud subterránea, como de un renacer, con el renovado aumento de las fuerzas de la Luz y la Verdad. En rigor, no he practicado el ayuno que dicta la ortodoxia antes de Navidad, pero saboreo la ternura de las palabras de Bartolomé I, el patriarca de Constantinopla, que en *Gracia cósmica. Humilde plegaria* sitúa la ascesis en el centro de su originalísima visión ecológica. Siempre he amado esa palabra, la belleza del saber renunciar, delimitando los contornos de lo superfluo. Bartolomé lo explica como la posibilidad de viajar ligeros de equipaje, de usar y consumir menos, de concienciarnos de que «la humanidad no depende sólo de Dios, sino también de la tierra y hasta de la cadena alimentaria, como cualquier otra criatura».

Me sorprende semejante cortocircuito entre el dominio de los apetitos y la conciencia de nuestra estancia en la tierra. Entre el dominio de sí y la libertad. Y, sobre todo, vuelve a llenarme de esperanza que un hombre de Iglesia utilice su influencia para manifestar una verdadera idea de la sacralidad de la vida que no la reduce a la obstinación de mantener a unos fetos desafortunados atados al cordón umbilical o a unos moribundos sin esperanza pegados al gotero, que amplía el radio de la visión más allá de nuestro egoísmo de especie, que llega a comprender el mandamiento de tutelar el ambiente, de custodiar el jardín que se nos ha confiado, y que, además, posee «un corazón que arde de amor por toda la Creación, por los seres humanos, las aves, los animales y hasta por los demonios; por todas las criaturas de Dios». Reduciendo el consumo, seleccionando los residuos «garantizamos que queden suficientes recursos para que otros puedan compartirlos y disfrutarlos en este mundo». Pero ¿cómo entenderá todo esto quien no esté familiarizado con un pedacito de tierra? ¿Quien no haya disfrutado de la felicidad de trabajar en el huerto, como si fuera una oración silenciosa? ¡Con qué facilidad llega entonces la ascesis! ¡Qué lugar tan perfecto, el jardín, para practicar con alegría la autolimitación como un acto de amor hacia la creación entera, como un gesto protector de la frágil belleza del mundo, donde descubrir, en nuestra condición de jardineros, la vía regia para «dejar de ser propietarios y convertirnos en sacerdotes de la naturaleza»!

FUERA HIELA,
EL JARDÍN SE REFUGIA EN LOS LIBROS

Enero de 2009

Aunque muchos digan que cuando fuera hace frío la ocupación ideal del jardinero es quedarse en el sofá, delante de la chimenea encendida, hojeando catálogos, confieso que eso, un día tras otro, cansa, sobre todo cuando tienes la impresión de haberle sacado provecho hasta al último rincón. Sin lugar a dudas, prefiero un buen libro. Digo más, me parece que la literatura es mucho más generosa en materia de inspiración que los catálogos. Con demasiada frecuencia, éstos nos convierten en víctimas de unas ansias incontroladas que acaban no tanto con un jardín como con un batiburrillo de plantas. Así lo predicaba también Ippolito Pizzetti. ¿Queréis ser buenos jardineros? Entonces leed a Gottfried Keller, a Joseph von Eichendorff y a Goethe. Bueno, él era germanista. Yo, recordando mis estudios rusos, añadiría a Aleksandr Pushkin, Serguéi Aksákov e Iván Goncharov. Ahora estoy disfrutando con *Il giardiniere smarrito*, de Oliva di Collobiano (LEF, 2008), y observo con placer que su visión del paisaje en el jardín, y viceversa, se perfeccionó gracias a las buenas lecturas, incluidos los cuentos infantiles, y a los paseos relajados con los amigos. Advierto un eco de Gregor von Rezzori, escritor apátrida, de su aristocrática consternación ante el final de la naturaleza, de un paisaje que todavía reverberaba de una cierta vibración salvaje en bosques y espesuras. Siento, aún con mayor profundidad, la argucia de *Veinte días con Julian y Conejito*, deliciosa obrita que todo amante de la vida al aire libre debería tener como libro de referencia.

Allí, Nathaniel Hawthorne, con un iluminado distanciamiento del oscuro mundo de los puritanos, describe sin complejos de culpa los días de verano que pasó junto a su hijo durante una ausencia de Sofia, su mujer. Obligado a una inactividad casi completa, con toda la atención puesta en su hombrecito, juega con él a la guerra utilizando cardos silvestres y verbascos, aprende a ver el mundo en un trozo de musgo y se queda encantado ante el rocío que han vertido las hadas con sus pequeñas jarras. Exacto, ¿qué otro sentido puede tener un jardín que no sea prestarse a hacer de alegre teatro de las andanzas de un niño? O a coger por sorpresa a la Naturaleza, aunque sólo sea con el rabillo del ojo, de pasada, por un impalpable instante y antes de que haya tenido tiempo de cambiar de aspecto, cuando, inmersos en la seriedad del juego, los árboles están cuchicheando los unos con los otros.

ESTALLIDO DE VIDA EN EL ESTANQUE

Febrero de 2009

Creo que dentro de mí queda algo del niño que se divierte rompiendo los juguetes. De otro modo no sabría explicar mi pasión inmoderada por la enea o espadaña (*Typha* spp.), fascinante planta palustre inconfundible por sus aterciopeladas inflorescencias cilíndricas de un color rojo oscuro que se convierten en apretadas espigas de cálido marrón tostado. Mi primer encuentro con el *biondo*, como lo llaman en mi zona (es *massagot* en Lombardía y *sciapatesta* en Piamonte), es tan antiguo que ya no lo recuerdo. En cambio, si cierro los ojos, vuelvo a sentir con toda intensidad la emoción de inclinarme hacia la barandilla de la pasarela que flota en el lago de Massaciuccoli para agarrar aquellos largos cilindros semejantes a unas salchichas bien doraditas y ensartadas en unos espetones esbeltos y sutiles, y acariciar su superficie suave y áspera al mismo tiempo, como la de un buen fustán. Y luego el grito de estupor cuando, apenas dobladas, la superficie de las espigas, en apariencia homogénea, empieza a deshacerse, y en las volutas, que ya no están compactadas en los grupos de semillas, empieza a hincharse una onda, como una nube de nata montada, irrefrenable, de la cual, con una fuerza avasalladora, parecidos al genio de la lámpara, vuelan arremolinados unos pequeños segmentos blanquecinos. ¡Qué bonito juego! Desde aquella primera vez, cuando me encuentro con una enea, me entran unas ganas locas de agacharme a cogerla. Sí, me siento justo lo que soy, un vándalo capaz de estropear todo un cuadro de armonía palustre. Aun así, no puedo resistirme a la diversión de ver cómo me estalla entre las manos el cirio de color pardo. No es tan grave. ¿Y si la muy astuta me sedujera con la veleta explosiva de las semillas para propagarse con mayor rapidez, sin esperar el contacto con el agua? Una estrategia de éxito indudable. Tengo una amiga que la odia porque le infesta el estanque y casi se lo deja seco.

Mi parcialidad con esa bribona la ha sacado de quicio, sobre todo cuando he elevado la dosis recordándole que es buena porque depura hasta las cloacas; que Benozzo Gozzoli, en la florentina Cappella dei Magi, la pintó delante de una charca para señalar la buena noticia: ¡agua! ¡Vida! Ironías del destino, en mi estanque se niega a crecer, ni siquiera en la variedad latifolia, que me aconsejaron por ser menos virulenta, de hecho, demasiado poco agresiva o tal vez inadaptada a mi clima. ¡Por tanto, nada de explosiones de cirios en mi estanque traidor!

EL AMOR DE LOS CHAVALES ES GUERRERO

Marzo de 2009

Esta mañana, mientras saboreaba el silencio tranquilo de los campos bajo un cielo impoluto y casi primaveral, me invadió la consternación pensando en quien, en alguna otra parte, no pueda gozar de nada parecido. ¡Es tan vulnerable el sosiego...! Después me acordé de una carta que me envió hace tiempo una maestra valiente, Mariarosaria Russo.

Ponticelli, periferia de Nápoles, entre «edificios altísimos, extensiones de cemento y ese poco de verde cubierto de basura», un colegio «de cemento gris, con los cristales rotos, un guardia jurado que vigila la entrada y la salida de los alumnos y una pequeña parcela de terreno cubierto de hierbajos y desechos que han entrado volando desde la calle a través de la verja, gris también». Aquí unos quince chicos que suelen disfrazar con actitud de duros una «enorme necesidad de afecto y atención» han participado en un proyecto de huerto escolar. Hasta ese momento habían sido empedernidos descortezadores de árboles. Luego, poco a poco, la comprensión vívida de las plantas, desde la semilla hasta los primeros brotes y la cosecha, acabó en una conversión. De perseguidores desatentos se transformaron en paladines de la Madre Naturaleza por el afecto que sólo puede nacer de cuidar algo que sentimos nuestro, de lo que percibimos al mismo tiempo la fuerza y la fragilidad. Y entonces, de la empatía brotó la comprensión. Se descubre que la corteza es al árbol lo que a nosotros la piel; que las mariquitas no se aplastan porque defienden a las plantas de los ataques de los parásitos y que es mucho más inteligente cogerlas con delicadeza y depositarlas en las plantas necesitadas de protección. De entidad ajena, impersonal, cómodo desahogo de impulsos rabiosos, la naturaleza adoptada por el huerto pasa a ser casi carne de nuestra carne y sangre de nuestra sangre. Y el impulso de los cachorros humanos se convierte de un desahogo destructivo en un amor gozosamente guerrero, si hemos de juzgar por cómo se ha bautizado este huerto insólito: «Statt'acc...orto» (¡Cuidado con el huerto!), a modo de advertencia para quien ose estropear el fruto de tanto esfuerzo, apropiárselo sin permiso. Es como si el trabajo del huerto hubiera despertado un sentimiento de comunión con los otros seres sentientes. El sosiego será vulnerable, pero no está escrito que sea inerme. ¡Es más, cuando le ponemos un poco de interés, se vuelve incluso contagioso!

TODAS LAS CRIATURAS RENACEN EN PRIMAVERA

Abril de 2009

A quien tiene el alma libre de egoísmos, la naturaleza le habla como algo vivo. Tan vivo como nosotros, ni más ni menos. Los animales, desde luego, las plantas... ¡cómo podría ser de otro modo para quien pasa una parte tan grande de su tiempo en silenciosa conversación con ellos! Claro que también el viento, el cielo, las piedras. Porque todos nosotros, pobladores de un planeta arbolado, tenemos el mismo origen. Es la intuición que refiere Maria, una pastora de la Dordoña nacida a comienzos del siglo pasado, para recuperarse del grave estado de postración en que la dejó, un otoño de la Primera Guerra Mundial, la partida al frente de Fiorentino, el hombre al que amaba y con el que iba a casarse. La de Maria es una historia entretejida de pérdidas radicales y de una confianza renovada. Abandonada por su madre, a la que no conoció hasta hacerse mayor, fue hallada al poco de nacer por un pastor que la dejó repentinamente huérfana, y criada por una familia que le legó la casa y los bienes, aunque, de nuevo, todo se esfumó cuando unos herederos lejanos impugnaron el testamento. Sin embargo, Maria no pierde su profunda y casi sobrenatural paz interior. «Siempre he sabido que la felicidad está en contentarse con lo que se tiene y en aceptarse como se es», le dice a Christian Signol, que ha recogido la historia de esta expósita alimentada de pequeña con la leche que mamaba mezclándose con los corderillos, y que siente que se puede confiar en «aquellos que aman de verdad a los animales y los comprenden» (*Marie des brebis*). Pero la partida de Fiorentino en vísperas de un invierno largo y terrible es una prueba demasiado dura. Con la muerte en el corazón, se repliega sobre sí misma como una flor sin agua.

«Es el reino lo que me ha salvado», cuenta, «el mundo que nos ha dado el buen Dios: las flores, los árboles, los animales y la tierra». Deja pasar las horas al sol, la mejilla contra una piedra caliente, como un lagarto.

«El calor de la caliza es suave, está vivo, se parece a la mano del buen Dios. Y ese calor que me daba la piedra entraba en mí como una fuente de vida y me fortalecía». Y así recuperó el valor, contemplando durante horas «la celidonia, el bendito cardo, los ranúnculos, mucho tiempo, mucho, hasta que comprendí lo que ocurre dentro de ellos y los quise como a seres vivientes». En una primavera que es la pascua de resurrección de todas las criaturas, entre las piedras rubias que humean suavemente al sol, como si respiraran.

EN EL JARDÍN, SEDUCCIONES E INSIDIAS

Mayo de 2009

Tumbada a la orilla del estanque croador, con los ojos entornados, observo con pereza a las libélulas azules que revolotean entre las ranas verdes y golosas. Un peligro mortal que ellas, inmersas en el instante fugaz, no perciben. Mejor así, ¡cuánta cautela se necesitaría si no en el jardín! La mayor catástrofe de todos los tiempos, que acabó con la expulsión de nuestros progenitores de su lugar de nacimiento, ocurrió en el paraíso más hermoso que recuerde la humanidad, tan bello que hasta las bestias, que aún no eran feroces, contemplaban con mansedumbre sus encantos. Pobres Adán y Eva, demasiado inexpertos para reconocer la insidia de la serpiente. En el siglo XVII, Bernardo Strozzi los mostró ignominiosamente expulsados por un arcángel furioso, como dos ladronzuelos cogidos con las manos en la masa. Siete milenios más tarde, otro jardín encantado, el del Isolino del Lago Mayor, se revela no menos artero: compromete el dogma futurista. Historia verdadera, pero repleta de la intensidad simbólica de un cuento de hadas, la que cuenta Marella Caracciolo Chia en *Una parentesi luminosa* (Adelphi, 2008): los amores entre una princesa magnética como una sirena, Vittoria Colonna, y un gran artista inquieto como Umberto Boccioni. Aunque los tiempos estén cambiando, los jardines son lugares tranquilos, nadie se ha vuelto todavía neurasténico por el estruendo de una sopladora de hojas, una trituradora de ramas, una desbrozadora o un cortacésped. A pesar de su entusiasmo por el progreso, el futurismo no llegó, creo, a idear semejantes artilugios. Boccioni se aventuró con un proyecto de gallinero con el techo rojo y los palos azules, pero la princesa se rebeló ante aquella irrupción de la novedad. Y se salió con la suya, porque poco a poco él se dejó conquistar por ese no sé qué de mágico, incluso de conservador, que tal vez no había respirado nunca en sus parajes milaneses. Siente que se resquebraja la fe de quien prefería las máquinas y la luz artificial a otras armonías más bucólicas. Y, a pesar de que era ciclista, Boccioni sucumbe a la tentación de imaginarse caballero. Con el ímpetu de un galope desenfrenado a la grupa de un magnífico corcel y con demasiadas horas sobre la silla para un principiante, cae al suelo y se mata.

¿Queda claro que hay que tener cuidado? Inmersos en la naturaleza, basta con un instante de distracción para que se produzca la catástrofe. Una fracción de segundo, y la mandíbula esmeraldina de una rana atrapa a la revoloteadora libélula futurista de eléctricas iridiscencias.

ESCUCHO LA VOZ DEL PRADO, DESPUÉS SIEGO

Junio de 2009

Recordando aquel día del verano pasado como aprendiz de afiladora de hoces, en cuanto ha vuelto a crecer la hierba, he vuelto a coger el yunque y el martillo. ¿Y si se me hubiera olvidado durante el invierno largo y lluvioso? ¡Quién dijo miedo! Me acuerdo, y me sale con tanta naturalidad como si no hubiera hecho otra cosa en toda mi vida que dar golpes a ese primitivo instrumento de percusión. El ruido metálico me dispone a la escucha. Golpeo con gusto y sin el menor cansancio. Entre un golpe y otro, como si quisieran participar en el concierto, se dejan oír otras voces que antes quedaban al fondo, indistintas. Un zumbido de abejorro, el lejano ladrido de un perro, el susurro chamánico de un soplo de viento entre los altramuces y los gritos estridentes de las golondrinas. A medida que la hoja se va afilando, a los ruidos les sucede lo mismo, se hacen más incisivos. Con la claridad de esta música, el corazón se vuelve también más cristalino. Me levanto del tocón con alegría, lo que en el campo se traduce en vigor. ¡Qué bien cae la hierba segada! Con un murmullo seco y suave al mismo tiempo. Limpio. Sin residuos, cada pasada de la hoz va precedida y seguida por un intervalo de silencio. Cada gesto, acabado en sí, se alinea con el siguiente. Me sumerjo poco a poco en la dimensión mágica de la atención. Una sensación de estupor. Ninguna pasada es idéntica a otra. Ninguna pausa trae consigo el mismo silencio. El oído absorto siente nacer una sensación de libertad, de posibilidades infinitas. Podría sacrificar ese ranúnculo ahora o más tarde, concederle el tiempo de convertirse en semilla. No existe, en este ritmo amable de siega y pausa, siega y pausa, esa sensación de acoso característico de la hoz motorizada o cortacésped, como quiera llamarse. Cuando hostiga el ruido mecánico, ¡se acabó la escucha! El alma entera se orienta a la huida, movida por el instinto de marcharse con los sentidos a otra parte. Acechada por el estrépito, no dejo nada vivo, ni ranúnculos ni amapolas ni flores de cuclillo. ¡Fuera, fuera todo, tabla rasa, no quiero volver a encender el motor, a cargármelo a la espalda! Si doy con la vista en una rana agazapada, inútil decir que la contramedida llegará demasiado tarde. Acosada, yo, a mi vez, acoso. Delante de mí, tengo sólo una masa verde, indistinta y hostil que debo cortar. Perdida la música, ¿a quién le quedan ojos para la encantadora taracea de hierbas y florecillas? ¿Para las voces individuales que entonan al unísono el concierto?

AL FRESCO Y AL SOL, COMO LOS NENÚFARES

Julio de 2009

Ante los nenúfares, ¡qué tentación emularlos!: el cuerpo al fresco, la cara al sol. De vez en cuando los imito, siempre que en la superficie no zumben demasiadas avispas y avispones. Y recuerdo cuando, de niña, soñaba con transformarme en pez marino por aclimatación gradual, en un viaje de vuelta a los orígenes de la vida. A Gustav Theodor Fechner (*Nanna o sobre la vida del alma de las plantas*), en los bochornosos días del verano, también le gustaba quedarse mucho tiempo observando la *Nymphaea alba*. Hasta que lo fulminó una intuición tan profunda como la que le produjo a Newton el golpe en la cabeza de una manzana. Se dio cuenta de que el nenúfar sólo está inmóvil en apariencia. En realidad, hace gestos significativos: abre los pétalos a la luz del sol y con la caída de la tarde cierra la corola para dejarla descansar debajo del agua. Sabe, con una exactitud no inferior a la nuestra, cuándo es de día y cuándo de noche. Sabe, es decir, percibe. Y quién sabe cómo serán las sensaciones diurnas que le causa ese baño simultáneo de luz y de agua. A Fechner no le cabía en la cabeza que no sintiera nada en absoluto. ¿Debido a qué tremenda arrogancia consideraban sus contemporáneos que el buen Dios había colocado en el mundo al nenúfar sólo para que el hombre y únicamente el hombre dispusiera de un pasatiempo estético más? ¿Qué ceguera interior le induciría a declarar pusilánime y frígido ese organismo extraordinario hasta el punto de no gozar de su posición con las hojas aplanadas sobre el agua y la corola abierta para absorber la luz del sol? ¡Cuántos nenúfares se abren y florecen sin que ningún humano se tome la molestia de admirarlos! Desde luego, parece más razonable reconocerles un proyecto autónomo. Todos los seres bullen de vida propia, con una experiencia de percepciones que nosotros jamás conoceremos, porque toda criatura es como un tamiz estructurado para filtrar sensaciones distintas. Pero nada impide que nos acerquemos por empatía a gozos distintos a los nuestros, como el del girasol, que apunta incólume al sol, con un éxtasis análogo al de Dante cuando ascendió a los cielos supremos del Empíreo; con una riqueza de sensaciones que es el fundamento mismo de la inteligencia del cosmos, de la elaboración de estrategias de supervivencia en seres no menos sensibles ni menos deseosos de participar en el mundo que nosotros.

VERDEAR AL BORDE DEL ABISMO

Agosto de 2009

Es fácil decir «¡qué feo!» del pie deformado por un despiadado zapatito chino, pero ¿y de un bonsái? Son un encanto esos árboles en miniatura, a veces muy apretujados, capaces de transportarnos con la imaginación al vientre húmedo y fragante de la Madre Naturaleza. Pero si ya una planta en maceta, carente de recursos propios, nos produce aprensión, qué nos producirá un bonsái. ¡Cuando aprieta el calor puede contar a lo sumo con doce horas de supervivencia! Por no hablar de las innumerables sevicias: raíces cortadas, ramas despuntadas sin tregua, ansiedad crónica ante el escasísimo mantillo... un perenne verdear al borde del abismo. Quién sabe el espanto que sentirían los bonsaístas, esa especie de peluqueros de jardines, al descubrir que, cuando caen en mis manos, trasplanto los árboles que ellos han encanijado a macetas cada vez más grandes, hasta que la mayor abundancia de tierra les permite dar un respiro de alivio. Poco, no desde luego en pleno campo, ¡pero siempre será menos en el filo de la navaja! Lástima, sin embargo, que con el bonsái se pierda toda una estética. A no ser que nos encontremos con lo que podríamos llamar «bonsáis de rostro humano», compuestos de musgo, piedras y ladrillos, sin necesidad de recurrir a semejantes perfidias. Pequeños paisajes portátiles capaces de evocar horizontes más amplios, como los que ha inventado Lorenza Zambon para su espectáculo *Sillabario della natura* (www.teatroenatura.net). Los ha llamado «bonsáis de paisaje». No sé si se ha inspirado en consideraciones dignas de Amnistía Internacional o, sencillamente, está fascinada por el musgo, que, al microscopio, revela una vida tan rica y compleja como la de una selva primitiva. Sea como sea, su invento me parece una superación genial del cruel bonsái. He aquí una esencia vegetal, el musgo, que en ningún caso ambiciona mayores espacios, cuya inclinación natural es ser pequeño y que, aun así, es capaz de evocar el misterio de la vida. Nada tiene que envidiar al bonsái tradicional, ni siquiera la posibilidad de experimentar los cambios de estación, pero no impone el sometimiento del árbol a un arte refinado sin consideración alguna. Después de todo, no se necesita tanto para hallar un punto de encuentro, sin derramamientos de linfa, entre la vocación de una criatura vegetal y el capricho de poseer un paisaje de juguete.

NO HAY QUE ALARMARSE, SÓLO SE CAEN LAS HOJAS

Septiembre de 2009

¡Las hojas no se caen únicamente en otoño! En realidad, los árboles se aligeran ya en agosto. Tardan las lluvias, ellos se dan cuenta de que no podrán mantener verde la copa y se deshacen de una parte. No sé cómo fue la primera vez que vi planear una hoja hasta depositarse con suavidad en el suelo. Me gustaría poder recordarlo, pero no hay forma; sólo afloran poemillas aprendidos en el colegio o dibujos de manchas de colores. Dicen que una memoria sensorial precoz es el atributo de los genios y los poetas. En *Sidra con Rosie*, una obra maestra de hace medio siglo, Laurie Lee cuenta cosas de cuando se lo llevaron de la ciudad al campo. Era un día despejado de junio y lo sentaron en la hierba, mucho más alta que él, impenetrable como una jungla. El pequeño se encontró fuera del mundo de los humanos, un poquito asustado, hasta que se convirtió en un incansable explorador. Pasaron los meses, un verano completo en contacto con la naturaleza. «¿Qué les ocurre a los árboles?», le preguntó un día a su hermana. «Nada», respondió ella. «¡Cómo que nada, si se están cayendo a pedazos!». A lo que ésta, que ya era experta en el cambio de las estaciones, contestó: «Sólo se caen las hojas, porque ahora es otoño y las hojas se caen en otoño». Confieso que he envidiado ese recuerdo. Conservar la memoria del instante en que se observa un fenómeno con la mirada virgen... Conservar intacta la sorpresa, la sensación de alarma, la preocupación de que esté ocurriendo algo tan irremediable como el desplome de los árboles. Este testimonio me ha permitido creer que, como sostienen los filósofos, tiene que haber existido un momento en que la puesta del sol, la ocultación del mundo en el océano negro de la noche, se haya vivido como la desaparición irrevocable de la luz. Yo lo dudaba, como si fuera una conjetura libresca. Hasta que este recuerdo concreto de Laurie Lee me permitió creerlo. Sí, existe una época de la vida en la que aún no se han comprendido los ciclos temporales, en la que todo ocurre por primera vez y no se sabe si será o no para siempre. Hasta que se descubre que en la naturaleza las cosas desaparecen para luego regresar y volver a desaparecer en un ciclo infinito y nunca del todo idéntico. A la caída de las hojas se puede asistir con una serenidad nunca turbada por el miedo a no verlas regresar.

LOS HORTICULTORES, INFATIGABLES CONSTRUCTORES DE PAZ

Octubre de 2009

La reunión anual en Cesena de los apasionados de los huertos entregados a una finalidad social es siempre una gozada. Este año hubo un momento de suspense. Todo había comenzado del mejor modo posible. Mauro Frisoni y sus alumnos del instituto de Roncofreddo habían hablado, por turnos y con mucha gracia, sin que nadie pretendiera ser el protagonista, de «Un huerto en el instituto, entre el cemento y las matemáticas». Qué encanto, pensé yo, estos niños capaces de enamorarse de un huerto. A continuación, la ducha de agua fría. Tanto trabajo bien hecho, tanta pasión habían provocado la envidia y la burla de vaya usted a saber qué clase de imbéciles. En una noche quedó todo destruido. Vandalizado. Plantas arrancadas y boqueantes como esos peces rojos que los niños tontos torturan para divertirse. ¿Y ahora qué? ¿Cómo recuperarse de un golpe semejante cuando después de tanto trabajo se presentan esos que, con filosófico humorismo, los niños bautizaron como «los ortogodos»[2]? Me pudo la consternación, más aún porque acababa de enterarme por la maestra que lo había cuidado de que ya no existía un huerto que me había entusiasmado, el de Ponticelli, cerca de Nápoles, el famoso «Statt'acc...orto» del que ya os he hablado. ¿Estará desplomándose todo? ¡Pues no! Con un dominio del tiempo digno de unos actores consumados, los niños de Roncofreddo nos dieron un instante que el desconcierto hizo larguísimo, para luego proclamar: «¡No nos hemos achicado! ¡Hemos empezado otra vez desde cero!». ¡Los habría abrazado uno a uno! ¡Cuánta confianza, cuánta fe, cuánta convicción de estar haciendo lo que se debe para reponer todo en su lugar y superar el dolor frente a la insensata destrucción! Hay que ser, en verdad, un constructor infatigable de paz para no dejarse amilanar, para no perder las ganas de hacer las cosas, para echarse a la espalda una experiencia tan amarga. Y tal vez, gracias a esa demostración solar de confianza, pudieron desalentar por aburrimiento a los ociosos destructores, que, en efecto, parece que han renunciado a posteriores incursiones, señal de que la desidia envidiosa no es, después de todo, tan energizante, y de que, a la larga, la fuerza del amor se impone al vacío desolado y espantosamente fútil del mal. Nos lo han enseñado las plantas, que, obstinadas, alegran de nuevo la tierra quemada por los incendios.

[2] Juego de palabras con «ostrogodos», que hace referencia a la parte del pueblo godo que invadió Italia y creó allí un reino. (N. de la T.).

EL NIDO DE AVISPAS SE TRASLADA EN OTOÑO

Noviembre de 2009

Por fin, el enredo de vides y moras sin espinas se ha deshojado. Con las ramas desnudas y en parte secas, el nido de himenópteros zumbantes es bien visible. Rápidas como bombarderos, me picaron a comienzos del verano, cuando yo, tijeras de podar en mano, restauraba un sendero cubierto de ramaje. Un bólido invisible se precipitó hacia la mano culpable de moverse demasiado cerca. Una advertencia tan rápida que ni siquiera notas un verdadero dolor. ¡Avispas! Curiosa, volví para descubrir dónde se hallaba su cuartel general. ¡Incauta de mí! Se me echaron encima otras tres. Sólo más tarde, a la luz rasante del final de la tarde, conseguí verlo: una esfera como de cartón por la que entran y salen, con sus rayas oscuras, en un silencio absoluto. Un amigo supone que puede tratarse de abejas silvestres. El entomólogo Jean Fabre no me resulta de mucha ayuda, así que, a falta de otros textos, lo consulto en Google. Me entero de que los nidos de avispa son cónicos y están abiertos, mientras que los de abeja son esféricos. Comienzo a ilusionarme con hospedar ni más ni menos que a la abeja negra de Sicilia, que ha vuelto a raíz del cambio climático. Y cuando Paolo, audaz trepador de árboles, viene a retirar el nido y quemarlo, declaro con magnanimidad que pretendo dejarlo hasta el otoño. Pobrecillas, ¡con todo el trabajo ya hecho y las larvas aún sin estar preparadas para enjambrar! ¿Cómo, las abejas desaparecen y yo las extermino? «Generosa», comenta Paolo, teniendo en cuenta que hace años una picadura me dio reacción, aunque nunca se repitió, tal vez debido a un tratamiento a base de *Vespa crabro*. Espío de cuando en cuando el fascinante globo y estudio el ir y venir de las laboriosas abejitas negras. Hasta que Maria Teresa Della Beffa, apicultora experta, me explica que, con toda seguridad, no son abejas, puesto que después del ataque no dejan el aguijón. Son las avispas de toda la vida. Aletargada por el bochorno, no cambio de idea y permito que la gracia se extienda por inercia al enemigo declarado. A fin de cuentas, ¿no son también polinizadoras, aunque menos activas? ¿No tienen quizá el mismo apego a la vida? Ahora, por fin, ha llegado el momento de trasladar el edificio ya vacío y de reconquistar para mí el claro a la sombra del *Sorbus hupehensis*, tan hermoso con sus bayas de un rosa perlado, imposible de encontrar y, por eso mismo, obtenido a partir de semillas. El verano próximo me gustaría disfrutarlo sin preocupaciones.

EL BOSQUE LATE CON UNA GRACIA INEFABLE

Diciembre de 2009

¿Existen impresiones más gozosas que la sensación de que intuimos la Naturaleza tal como es, en su vibración primordial? Asocio esta emoción a los paseos invernales por el hayedo. Los claros troncos grises han dejado caer al suelo las hojas oscurecidas, en el aire —ligero como la respiración de un niño— flota un aroma penetrante a materia húmeda en invisible transformación. Vetas de vapor acuoso se adensan en gotas brillantes en el verde opaco de una franja de helechos. De repente, claros rayos opalescentes recorren la distancia entre el cielo y la tierra, apenas inclinados respecto a los troncos paralelos de los árboles. Contengo la respiración, como para detener en una imposible eternidad esta visión de *iki*. Me disculpo por el término extraño, pero no conozco ningún otro para nombrar el ritmo arcano de la vida, esos momentos de gracia inefable en que lo sentimos latir. *Iki*. Hace poco menos de un siglo nos lo explicó a los occidentales Kuki Shuzo, un valioso hombre-puente capaz de lograr que dos culturas tan lejanas entablaran una conversación. Existen en todas las lenguas términos irreductibles a la traducción, porque revelan algo exclusivo e incluso étnico. No un concepto expresable en palabras, sino algo sólo cognoscible a través de la experiencia de los sentidos. ¿Cómo hacer que se comprenda, por ejemplo, que las rayas verticales y paralelas son más *iki* que las horizontales? Kuki Shuzo evoca la llovizna que escurre ligera de las copas de los sauces obedeciendo a la gravedad. Ofrece ejemplos de tonalidades especialmente *iki*: algunos marrones, grises o azules. Renuncia a los colores más chillones, porque la seducción del *iki* es energía atemperada, como el incendio del sol en el ocaso. Pues bien, en invierno el hayedo es todo eso. Bosque que habla de impermanencia, que provoca un estremecimiento impalpable frente a tanta y tan extrema desnudez de belleza. Parece que el día se reduce a unos cuantos rayos en la niebla y las tonalidades recorren innumerables gradaciones de marrón: ruiseñor, milano, castaña, clavo. Algo ordena que el cosmos vibre con una frescura intacta hasta cuando se precipita en la nada, en ese punto muerto en que el trapecista se detiene en el vacío un instante antes de recuperar la barra y retomar el movimiento oscilatorio: de la oscuridad a la luz, una vez más.

EL AIRE VIBRA CON LAS HOGUERAS DE ENERO

Enero de 2010

Un día raso y muy frío es perfecto para quemar las ramas de laurel y de carrasca y los tallos espinosos de las rosas. La más temible es la «Mermaid». A pesar de la belleza de su flor de color amarillo azufre coronada de estambres dorados, tiene unas espinas capaces de traspasar el cuero y es tan insidiosa como la sirena cuyo nombre comparte. Los montones secos ocupan los senderos y pinchan también. Lástima por las culebras, los ratoncillos y los erizos a los que ofrecen una guarida, pero he de quemarlos, así que mejor hoy, con el estanque helado. Me pongo la chaqueta, los guantes y el gorro, cojo un periódico antiguo, las cerillas y la horca. Comienzo por el montón que está al este, porque allí luce el sol desde la mañana, se ha derretido la escarcha y no resulta tan húmedo. Hago una pelota con el papel y rasco la cerilla. Al principio, la llama tiembla con timidez, duda, luego prende alegremente entre las ramas resecas desde el verano. No hay peligro, porque los arbustos y los árboles están a la distancia debida, pero es aconsejable vigilar las llamas. Sopla una brisa demasiado ligera para advertirla, aunque no para ver su efecto: el fuego se inclina hacia poniente, como si quisiera escaparse a hurtadillas. De vez en cuando, añado algo con la horca, con moderación, para contener la fogata. Algunas hojas, todavía brillantes y verdes, crepitan, exhalan un denso vapor blanquecino y despiden un intenso calor de sauna que, con la chaqueta puesta, casi me hace sudar. En poco tiempo, la hoguera se vuelve sutil pero alta. Detrás de las llamas se deforman los perfiles de los cipreses; el fuego licúa sus contornos. El aire vibra, la colina parece desenfocada, como detrás de un cristal esmerilado. Conozco ese centelleo por los días de bochorno en el mar. Me perturba, como si la vista, el más sutil de los sentidos, se revelara en esos momentos susceptible de descomposición, igual que el más grosero de los cuerpos. Tal vez no la vista en sí misma, sino la imagen que transmiten los rayos ópticos: cuerpo de luz pero no etéreo, cuerpo de luz pero no invulnerable, imagen impalpable y aun así combustible, sometida al elemento fuego que la plasma a su capricho. En cuanto las llamas disminuyen, la colina y las siluetas de los cipreses recuperan sus contornos netos. Basta con añadir un poco de ramiza y, con el crepitar casi ensordecedor, repleto de chasquidos y recorrido a veces por un gemido, las imágenes vuelven a deformarse como si pudieran disolverse igual que la cera derretida.

HIELO HIRVIENTE

Febrero de 2010

Llaman al invierno la estación inmóvil, pero, bien mirado, no lo es en absoluto. Entre enero y febrero, al menos en el estanque, todo bulle de vida. Y de muerte. Incontables machos de sapo se aferran a los cuerpos de unas hembras majestuosas con una pasión y un afán posesivo que podrían ahogarlas. Pequeños los primeros y al menos tres veces mayores las segundas, hasta el extremo de que reciben más de un abrazo concupiscente; incluso ocho manitas y otras tantas patas palmeadas cada vez. Supongo que por eso descubro todos los días varias hembras que han sucumbido a este lacustre confluir de amor y de muerte, macabra parodia de la *Liebestod* al final del *Tristán e Isolda*, de Wagner, con la muerte quizá aumentada por un falso inicio de la buena estación de inmediato desmentido por el inexorable regreso del hielo. Sospecho que se pierden más por amor que por los atropellos en la carretera. Algunas veces encuentro diez en un día. Las pesco con la red y las entierro al pie de las plantas más necesitadas de una inyección de buen abono orgánico. Ya lo sé, os parecerá cínico hasta el horror mi pragmatismo frente a la hecatombe, pero os ruego que consideréis que 1) hago con ellas lo que me gustaría que hicieran conmigo, es decir, que me sepultaran al pie de una encina, a la que alimentaría gustosa con todo aquello que ya no puedo disfrutar; 2) me produce un cierto orgullo moverme con tanta ecuanimidad en el caduco pueblo de los sapos, cuando recuerdo que mi padre sentía por ellos el mayor de los ascos, hasta el extremo de que bastaba con la palabra para que le dieran palpitaciones. Aunque mueren bastantes, son infinitamente más los que sobreviven en la descendencia. En el agua limpia, limpísima por el exceso de vegetación, se transparentan una pareja sobre otra, como en una especie de jardín público subacuático. Muchos amantes ya han procreado. Encuentro bolsas de huevos de sapos y de ranas; claras de huevo translúcidas, con el grano negro del núcleo en su interior, dispuestas en racimos o en bandas. Palpo con cautela esa sustancia casi inmaterial de la que brotará una proliferación de vida nueva. Dentro de un mes, el prado será un brincar de minúsculos anfibios semejantes a saltamontes oscuros. Se necesitará entonces el máximo cuidado para no pisarlos. Algunos no vivirán. También las gallinas andarán al acecho, como si se tratara de lombrices que pueden comer sin molestarse en escarbar la tierra porque casi les saltan al pico, como los albaricoques dorados que te caen a la boca en los paraísos islámicos.

BAJO LA PIEL DE LA TIERRA

Marzo de 2010

En una cosa somos idénticas Macchia, mi fox terrier, y yo: las dos adoramos cavar hoyos. Es frecuente que no nos pongamos de acuerdo en la elección de los sitios, pero, en cuanto al frenesí, resulta difícil establecer quién se lleva la palma. La única diferencia es que yo, menos espontánea, necesito un pretexto. A la finca ya abarrotada le viene bien una pérdida. La última en desaparecer ha sido la «Dedo de Doncella», muerta en la hilera de las uvas de mesa no sé si por frío o por exceso de lluvia. Me da lástima, o eso me digo, porque mientras tanto noto en mi interior un regocijo embarazoso del que preferiría no ser consciente: la alegría de coger la azada y cavar un hoyo, igualito que en otros tiempos, cuando todavía abundaban las ocasiones. ¿Seré como esos drogadictos capaces de matar a su abuela con tal de...? Puede. ¡La verdad es que me vuelve loca arrancarle la piel a la tierra y descubrir lo que oculta! ¡Qué vergüenza! Tanta palabrería sobre el respeto a la tierra y a la Madre Naturaleza para luego confesar el placer de maltratar a la anciana señora como el peor de los brutos.

Pero ya lo he dicho, soy un animalucho idéntico a Macchia, no soy capaz de resistirme a la maravillosa sensación, después de una lluvia suave, cuando la tierra está templada, ni muy dura ni muy mojada, de hundir la pala sin esfuerzo, como en la mantequilla, cavar a voluntad y descubrir lo que se esconde bajo la hierba y la alfombra de raíces. Es casi como volverse niño y rebuscar en un baúl olvidado en el desván, puede aparecer de todo: un hormiguero, un clavo oxidado, la larva blanquecina de un escarabajo, una garrafa rota, un sapo dormido, huevos de araña o el marfil de una raíz de grama. La mayor satisfacción es encontrarse, sin la mala suerte de dañarla, con una lombriz gorda y sonrosada, señal de que todo va como debe, de que hay alguien que trabaja por mí para fertilizar el huerto. En los arrietes donde ya la he cavado tiene unos hermosos tonos oscuros, que dentro de una semana serán toda una taracea de las primeras hojas de una achicoria que te hace la boca agua, y que, junto a los rosas, los bermellones y los naranjas de las yemas hinchadas, listas para brotar en forma de miniaturas de paisaje, son el encanto de esta estación.

LA BATALLA DE LAS ZARZAS

Abril de 2010

Las zarzas, como los pobres de los Evangelios, nunca faltarán en el jardín, por eso siempre disfrutaré del placer de inspeccionarlas y erradicarlas antes de que crezcan demasiado. No tengo nada en su contra, y hasta me gustarían si no fuera por las espinas y la pérdida de libertad de movimientos; imposible penetrar en su territorio sin que se te claven. Quién sabe si lo que me fascina es precisamente ese sabor a una singular tesón, señal de que en mi modesto físico anidan fantasías de empresas caballerescas, al estilo de san Jorge. Estoy segura de que la zarza tiene tanta vitalidad como el dragón de siete cabezas, ya que por mucho que arranques y decapites resurge rebosante de vigor. Y es astuta, porque seduce a los pajarillos con sus moras jugosas para que la diseminen aquí y allá. Así, todos los años salgo varias veces a dar la batida junto a Graziana, con la horca y la carretilla. Hoy, mientras limpiábamos el Bosque Occidental, me distraía la gracia de las yemas, tan superiores en encanto a las hojas, igual que los niños son superiores en gracia a los adultos. Por tanto, no hacía otra cosa que levantar la mirada del suelo, atraída por esos botoncitos hinchados y enrojecidos, algunos ya agrietados, para descubrir un diseño, y por lo que nosotros llamamos *gattini*, los amentos aterciopelados del sauce, que desde lejos forman el tejido de un impalpable y luminoso velo verde contra el que destacan los nuevos retoños anaranjados. También aquí, la comparación va en detrimento de las futuras hojas, que empiezo a considerar trabajadoras prosaicas. Dedicadas a la fotosíntesis, por otro lado indispensable, resultan bastante menos seductoras en su madurez que en su etapa de lolitas. Me despierta de estas engorrosas consideraciones de pedofilia botánica la voz de Graziana: «Por lo altos que están los árboles que plantamos, debemos de ser ya viejas. Eran como pajitas y ahora… ¡Parece mentira!». Viejas seríamos igual, respondo, pero qué desolación si no los hubiéramos plantado y no pudiéramos gozar el verlos tan bien crecidos y tan fuertes. Mientras tanto, llegamos al pie de la *Magnolia acuminata* «Elizabeth». Graziana se dedica a dar el golpe de gracia, como si nada, a las zarzas crecidas en pocos meses. Yo la ayudo distraída por la pelusa iluminada por los rayos matutinos en las tres túnicas de brácteas abiertas para descubrir el amarillo prímula de los pétalos, mucho más emocionante que la flor.

EL INÚTIL SEGUIMIENTO DE LOS LAURELES

Mayo de 2010

Deambulo horca en mano para arrancar de raíz decenas de laureles pequeños que han crecido donde no deben. Los condenados entregan el alma en forma de aroma especiado, y yo pienso en el poeta que se reveló jardinero apasionado en *Petrarca e i suoi luoghi* (Edizioni Fondazione Benetton, 2010). Qué no habría dado él por disfrutar en Francia de tanta profusión de *Laurus nobilis*, su preferido por el nombre que evocaba el de su amada. Ningún intento de tenerlo cerca llegó a buen puerto. El poeta culpaba al terreno, pero ¿se secarían porque, como sabe la posteridad, el hemisferio comenzaba a sufrir los rigores de la pequeña glaciación? El laurel, ya se sabe, es termófilo. «Tiempo excepcionalmente frío para la estación», anotaba en 1357, después del enésimo fracaso con plantas llegadas de Como, cuyo clima es, desde luego, más suave. Sea como sea, tanto Laura como el laurel fueron para él amores no coronados por el éxito. Se consuela con «uvas, higos, nueces y almendras [que] hacen mis delicias» y con pececillos abundantes: «Me divierto cogiéndolos con anzuelos y redes». Como jardinero avezado, experimenta. Prueba con esquejes de vides, trasplantes de hisopo y de romero; unas veces lo logra, otras no. Sube al Mont Ventoux, desde donde contempla un panorama inmenso. En el jardín de Vaucluse, animado por las aguas fresquísimas del Sorgue, inventa el pequeño paisaje de dos huertos, en el sentido de espacios acotados. Uno en alto, entre peñas y precipicios inaccesibles, «es umbrío y destinado sólo al estudio»; allí escucha «el dulce lamento de los pájaros variopintos que se ocultan entre las ramas». El otro, más risueño, se halla, «es admirable decirlo, en medio del río hermoso y rápido». Lástima que se lo arrasen las crecidas invernales. Enternece verlo trajinar como todos nosotros, probar, equivocarse y acertar a veces, hasta extraer una lección de sabiduría y, por tanto, de serenidad: renunciar a los amores no correspondidos. Y no actuar muy a contrapelo de la naturaleza. Por decirlo con sus palabras: «Un pensamiento distinto me ha nacido ahora en el pecho, veo lo difícil que es vencer a la naturaleza. Conserven, pues, las estaciones sus vicisitudes y el río su camino». Había empezado lleno de audacia, con la idea de someterla mediante el artificio y el engaño, hasta que una fuerza superior lo orientó a una escucha más sabia, a una atención más madura. Un atisbo de no acción. ¿Dejamos en paz a los laureles?

LLEVAMOS A CASA LOS REGALOS DE LAS PLANTAS

Junio de 2010

Estoy muy satisfecha con el verdear de los albaricoques pequeños, porque un poquito es también mérito mío. Con el frío gélido que hizo en primavera no había muchas abejas, así que me armé de paciencia y de pincelito para empapar y espolvorear de polen las flores, una a una, todo zumbando a imitación de las ausentes. Este último detalle por sugerencia de John Winter, excelente jardinero que induciéndome a tanto y tan laborioso *bzzzzzz* tal vez pretendía tomarme el pelo. Sea como sea, creo que más adelante cataré algún albaricoque maduro y caliente de sol. Mientras tanto, voy al bosque a coger flores de tila de las ramas más bajas. Será la dulzura excesivamente dulce de su fragancia lo que me disponga a una feliz tontería, y seguro que estaré a punto de apoyar con ternura la cabeza en el hombro, ¡oh!, en el tronco del tilo para agradecerle el florecimiento de la tisana y su comportamiento, en cierto sentido, de árbol frutal, cargado de cosas buenas que se guardan para el invierno. Si prestas atención, las plantas siempre nos ofrecen regalos:

algo que comer o que llevarse a casa, para prolongar una sensación placentera, formas o esencias para saborear incluso con los ojos cerrados. Por contraste con tanta generosidad, recuerdo una conversación que oí a unas grandes damas, muy seguras de sí mismas, quizá demasiado, que pontificaban con suficiencia sobre lo que llamaban la neurosis del huerto. Desconcertada al principio, un alegre latido del corazón me advirtió de que aquello era bueno. Si alguna impecable Cruella de Vil, con su ropa de marca, sus tacones de vértigo y su bolso de un ojo de la cara se preocupaba de reírse de quien se entretiene con las tijeras de podar y las botas de goma, ¡buena señal! Se ve que los jardineros nos estamos convirtiendo en un pequeño ejército alegre, cada día menos vulnerable a la influencia de afirmaciones que para nosotros tienen poco crédito. Quien ha disfrutado cierta alegría desenfadada y tranquila difícilmente caerá en la trampa de envidiar un accesorio caro, un coche de gran cilindrada o un viaje organizado. Estará muy contento de continuar trajinando entre plantas, ya sea en el alféizar de la ventana, ya sea en un trocito de tierra. De vuelta a casa, esparzo las flores del tilo sobre un paño, para que se sequen, en el cuarto de los invitados, que notarán en el aire un no sé qué de amabilidad y quién sabe si averiguarán a qué huele.

LA DIVINA BELLEZA DE LA HIERBA

Julio de 2010

Durante muchos años he elegido, buscado y plantado no sé cuántos arbustos, árboles, rosas, bulbos y perennes, para acabar descubriendo la mayor fuente de alegría en la hierba que nace espontánea en los campos. Por eso no me desconcierta leer en el último libro, el póstumo, de Masanobu Fukuoka, *La rivoluzione di Dio, della Natura e dell'Uomo* (LEF, 2010), que «la hierba y los árboles son Dios». Una hipérbole, tal vez, una metonimia, desde luego, pero también unas palabras que encajan a la perfección con el sentimiento que se experimenta al ver brotar de la tierra esa maravillosa energía que transmuta el mundo en belleza. *Sancta Viriditas*, proponía, menos audaz pero igualmente mística, Hildegarda de Bingen. La irrupción generosa de la hierba es la expresión de una energía vital en estado puro, esencia sutil de lo divino. Quizá no habría que decirlo, ¡qué impudicia! El propio Fukuoka reconoce que no lo sabe; de Dios o *kami*, como quiera llamarse, mejor callar. En cambio, no resiste la tentación de contagiar el anuncio gozoso, de contar el momento de éxtasis —un instante, sólo un instante— en que creyó atisbar la Vida que *mueve el Sol y las otras estrellas*, de intuir que no puede existir otro paraíso más que éste: «Dentro de las verdes hojas de los árboles, que vibran de alegría, está toda la alegría de este mundo». En su forma de hierba, la hierba que pisamos, se nos antoja aún más tierna, más dulce y afectuosa, cercana a nosotros en su humildad. Entonces, ¿con qué valor, cuando llega la estación seca, se dispondrá el jardinero a segarla? Sentirá una punzada de nostalgia por el primer despuntar de los tallos tiernos; con el conocimiento de la semilla madura aferrada a los tallos amarillentos tratará de aplacar el remordimiento por una intromisión violenta frente a la cual el Dios-hierba se muestra «silencioso y carente de poder», ya que sólo puede oponer una resistencia pasiva. Es un compromiso continuo, impuesto por necesidades que tal vez sean sólo aparentes. Queda la honrilla del rechazo a dirimir las controversias entre las plantas. Reducido al mínimo la intervención, dejo que gane el mejor. Por ahora, van en cabeza, además de la hierba de los campos, la cerúlea pervinca, el fragante heliotropo de invierno, la tenaz clemátide de tallos rojo ágata, la inmodesta zanahoria silvestre, la sombría *Iris foetissima*, el alegre verbasco, las malvarrosas y las valerianas salvajes. Junto con los cerezos silvestres que avanzan confiados.

EN LA SEMILLA GERMINA NUESTRA ALMA

Agosto de 2010

A veces tenemos la sensación de que el cemento ha ganado la partida. En algunos barrios, los grandes edificios, marcialmente alineados, dejan a la naturaleza poco más que jirones de suelo. En esos paisajes urbanos se siente con más intensidad la emoción que causan las frágiles fuerzas de la vida; como en la biblioteca de la antigua Vaccheria Nardi de Roma. Allí, Lorenza Zambon, dramaturga empeñada en llevar el teatro fuera de los teatros, ha trabajado con un grupo de mujeres en un *Diario de la semilla* como premisa de huerto y espectáculo. No creí que me tocaría reprimir el llanto cuando las actrices-hortelanas se mezclaron con el público para contar su historia de amor con una planta. Gesto de una intimidad tremenda el de quien te mira a los ojos, directo al corazón, para contar cómo ha sido proteger una vida desde el momento de la siembra hasta el instante en que se entreabrieron las hojitas en la gracilidad del tallo. Emociones que se desnudan con una sobreabundancia desprejuiciada. La biblioteca en medio del campo me pareció un claro no del bosque, sino de la jungla de asfalto. En aquel barrio, donde verdeaban los pastos, reina ahora un caos levantino, con espacios incultos, pero, en compensación, con más aire si se compara con otras periferias. Y la biblioteca se configura como un útero donde dejar que aflore la aspiración enterrada, el deseo irrefrenable de bondad y de vida, concretado en el gesto primordial de permitir que germine una semilla. La maternidad es cuidar de nuestros hijos, pero también de los hijos de otras especies y otros órdenes; ser incondicional de la Madre Naturaleza y vigilar esa metamorfosis casi mágica por la cual, de la humedad de la tierra, la semilla surge distinta a como entró. Lágrimas de agnizición. Después de tanto oscuro buscar, de tanto andar a tientas en la oscuridad, de tanta desorientación, por fin la sensación de un despertar, gracias a una especie de empatía con la semilla encaminada a esa transformación radical que no es otra cosa que la vida misma, nunca inmóvil, sino en perenne transformación, siempre un instante dentro del movimiento. Unas lagrimitas de gratitud —al advertir que es nuestra propia alma la que, junto con la planta, brota de la semilla—, y de zozobra por la extrema vulnerabilidad de tantas vidas tiernas florecidas entre el asedio de las excavadoras y el cemento, tan exterminables como cualquier otro bien.

UNA BRECHA ENTRE LAS VÍAS

Septiembre de 2010

Una vez, en la estación de Génova, me sentí cómplice de un conjunto de ailantos que crecían al pie de un muro. Se produjo entre nosotros uno de esos diálogos mudos a base de miradas que se dan entre los guerrilleros de un territorio ocupado. Infiltrada como un topo en el vagón, entre exponentes de la especie humana, traicionaba a mis iguales en mi interior y pasaba al enemigo, si no información, sí el corazón. No es que me inscribiera al partido de los ailantos o árboles Han, como deberían llamarse por su exuberancia[3]. En Mozia disgusta verlos acosar las filas polvorientas pero ordenadas de las alcachoferas. ¿Simpatizo más con los huertos que con las estaciones? Yo diría que no; soy feliz viajando en los trenes confiadamente. Se trata de otra cosa. Extiendo a los ailantos la emoción que me

[3] Referencia a la dinastía Han (206 a. C. – 220 d. C.), considerada la época dorada de la historia china por el floreciente y duradero legado que dejó en su cultura y su economía y que da nombre al grupo étnico mayoritario del país, la etnia Han (que en la actualidad representa el veinte por ciento de la población mundial). El ailanto (*Ailanthus altissima*) es originario de China. (N. de las Ed.).

inspiran las pioneras que transforman en jardines vibrantes de rojo, azul y amarillo la separación entre las vías. Es pasmosa la fuerza que oponen algunas plantas a los intentos de erradicarlas. Con su verde oscuro y su forma entre el hongo, el helecho y el cepillo, los equisetum afirman atrevidos y verticales la venganza de la prehistoria sobre la civilizada horizontalidad de las traviesas. Lo curioso es que el encanto de estas plantitas rebeldes fascinara primero a un ferroviario que pasó años estudiándolas, catalogándolas y dibujándolas, y luego a un banco —el Credit Suisse— que publicó en 1980 *Railway Flora or Nature's Revenge on Man*, de Ernesto Schick. Schick mantenía con las plantas una relación de afecto y prefería su léxico familiar a la terminología científica. Distinguía las agresivas, las atrayentes, las comparsas e incluso las astutas, como la correhuela, que crece por debajo de las vías para que no la corten las ruedas afiladas de los trenes. Moviéndose entre los vagones, no las llamaba pioneras, sino «pilotos». Admiraba la tenacidad de áster, amapolas, bidens, solidago, equium, salvia y reseda, que, hermosas, con una gracia enjuta que no llegaba a ser fragilidad, continuaban retoñando en el borde de las aceras, a pesar de los quintales de herbicidas renovados una vez al año y del asfixiante estrato de arena. En esos puntos de contacto entre materiales distintos, donde, como escribe Fabio Pusterla, queda un intersticio de vida entre la esperanza y los vagones sellados[4].

[4] La expresión italiana *vagoni piombati* suscita de inmediato en la mente del lector italiano la imagen de los vagones que transportaban a los prisioneros judíos a los campos de exterminio. (N. de la T.).

OCTUBRE, PRIMER MES DE... LA PRIMAVERA

Octubre de 2010

Tengo la impresión de que este octubre será como el del año pasado. Un verano tórrido, unas temperaturas sofocantes que duraron un tiempo infinito, dejando extenuados a los árboles y los arbustos. Fue interesante pasearse por el jardín para tomar nota de quién salía adelante. El *Prunus ilicifolia* había conservado las hojas esmeraldinas, y no sólo, porque echó otras nuevas en el mismo periodo en que los demás cerezos amarilleaban, mientras que el castaño de Indias estaba agostado por completo. El *Zanthoxylum simulans* y la *Photinia glabra* se encontraban también estupendamente. Languidecían los *Cornus*, algunos con unas hojas secas a medias; aguantaba el *Populus balsamifera*, desnudo a mediados de agosto, aunque ya en septiembre había hinchado las yemas como en primavera, y exhalaba, como entonces, una fragancia que hace las delicias de mi nariz cuando se la acerco tan dilatada y temblorosa como el hocico de un asno. Luego, de las yemas hinchadas y resinosas habían salido las hojas, que en octubre estaban creciditas, como si fuera mayo. Incluso había sorprendido otras decididas a reponerse de las estrecheces padecidas durante el verano. El árbol de Judas había vuelto a florecer y aún tenía hojas. El lilo del Cáucaso —*Staphylea colchica*— había abandonado las hojas cansadas y marrones para abrir unas nuevas, rubicundas y sinuosas. El *Sambucus nigra laciniata* estaba fresco hasta la última hoja. Hartos de las aspiraciones cortas de un asmático, querían respirar de nuevo a pleno pulmón, así que aceptaban que las últimas bocanadas de aire antes del frío les costaran el esfuerzo, aunque supongo que también el entusiasmo de un segundo estallido de hojas. Habrán comprendido que, con este tiempo, no queda más remedio que estar en el aquí y el ahora. Y en el ahora se está tan bien, con este aire a la vez tibio y vigorizante… ¡Qué gozada! Hagamos como si fuera de nuevo primavera, se habrán dicho, quién sabe si no es verdad. A lo mejor ni siquiera llega el invierno, ¡vete a saber! Así que fue una estación curiosa, como hecha aposta para convalidar la tesis de Karel Čapek: el primer mes de la primavera es octubre, porque ocurren florecimientos y germinaciones y porque se entierran en ese momento los bulbos que florecerán en primavera, la cual, en rigor, comienza cuando se pone la primera piedra o bulbo, como quiera decirse. En una estación que en el calendario antiguo marcaba el comienzo del año nuevo.

HOJAS CAÍDAS, BELLEZA Y ENCANTO

Noviembre de 2010

Casi nunca barro las hojas caídas o, si se me ocurre, no lo hago por motivos estéticos, sino para llenar la carretilla y cubrir con mantillo el pie de los arbustos que he plantado hace poco. No tengo tiempo ni ganas de ocuparme del prado; bien mirado, no puede decirse siquiera que en mi casa haya uno. En cuanto a los tramos irregulares de hierbas silvestres que mantengo de cuando en cuando a raya recorriendo la finca con la podadora, no cabe temer que se asfixien bajo el estrato de hojas marchitas, porque una vez que éstas han llegado planeando al suelo son casi incorpóreas, ligeras como formas secas de linfa, resplandecientes de rosa anaranjado, pintadas de oro otoñal. No obstante, admito que a veces da gusto disponer de un pradito de hierbas tiernas donde sentarse a leer o a merendar. Pero ¿es necesario que en él reine un orden inmaculado? En el siglo XVI, el monje budista Sen no Rikyu, antes de afrontar el examen de admisión como discípulo del gran maestro Takeno Joo, recibió la orden de limpiar el patio y el jardín de la casa de té. Rikyu los barrió a la perfección.

Al acabar, se detuvo con la escoba en la mano para juzgar el efecto. Debió de sentir que faltaba algo. Se acercó a un árbol y sacudió el tronco hasta que el prado impoluto se manchó de amarillo, de rosa y de naranja. Creo que de ese modo demostró a su maestro que poseía un espíritu capaz de asimilar la esencia de lo que luego se llamó *wabi-sabi:* limpio pero no demasiado, limpio pero no estéril, limpio pero expuesto a la metamorfosis del mundo fluctuante. Y, sobre todo, abierto a la imperfección, al cambio, y capaz incluso de percibir una posibilidad de belleza en el corazón de la desolación, de la soledad, del frío y del abandono. Este mes, considerado el más ingrato y triste en mi región, puede mostrar encantos más sutiles que otras estaciones. Todo en el jardín transmite una vibración de impermanencia, todo tiende a los tonos de lo oscuro, del humo, de lo marchito y de lo seco, de la niebla y del hielo. Todo tiende a la tierra, que en el huerto, recién trabajada, brilla con un esplendor absoluto, con un marrón casi imperioso. El espectáculo de las plantas cargadas de flores y de frutos es dulce y afectuoso, pero, cuando está desnudo, el campo transmite una emoción más fuerte.

MILES DE LUCES... SOBRE LA EUPHORBIA

Diciembre de 2010

Algunas veces somos verdaderamente poco concretos; demasiado abstractos cuando hablamos de la realidad —sensible, vulnerable— de los cuerpos. Trabajar la tierra, cuidar cuanto en ella crece, sirve, a veces, de antídoto. Por ejemplo, a un jardinero nunca se le habría ocurrido acuñar la expresión «verde urbano». Aunque puede pasar y pasa que lo diga sin reflexionar, ¿a quién se le ocurriría por iniciativa propia definir con la abstracción de un color, como si se tratase de un matiz especial de verde, el variado mundo de los arbustos y los árboles, de las flores y las hierbecillas que pueblan, invitados o no, una ciudad? Ni siquiera son todos verdes y, además, ¡cuántos tonos de verde existen! Ya, pero ¿cómo decirlo si no? Pues bien, no lo sé. Sin embargo, sé con total seguridad que me gustaría proponer una alternativa a la matanza navideña de abetos. Es muy raro que para celebrar un nacimiento —y no cualquier nacimiento, sino la idea misma de nacer y renovarse—, que para festejar la vuelta de días más llenos de alegría y de luz, haya que abatir una cantidad inestimable de miles de árboles. Según una amiga mía, que es muy sensible, eso que para nosotros es Navidad para los árboles cortados se convierte en una especie de Viernes Santo. Un absurdo semejante —dice— podrá no perturbar a quien, urbanita hasta la médula, suele tratar más con la materia inorgánica que con la materia viva y sentiente. ¿Y qué hay de quien, incluso en la ciudad, tiene algún trato con las plantas, ya sea en una terraza, en un alféizar o por una sencilla historia de simpatía con un parque público? Ése jamás considerará un abeto como un objeto que se coge, se asesina y se mete en casa. Experimentará, cuando menos, una cierta vergüenza por sacrificar una vida para festejar otra. A lo que yo objeté: ¿y entonces el capón? ¿Y el cordero y el cabrito y el pavo? Mi amiga enmudeció: ¡sangre contra linfa! Mientras tanto yo, en apariencia ganadora, me quedé turbada y me dije: ¿por qué, en vez de cortar árboles, no decoramos por Navidad una planta cualquiera de nuestras macetas, un *Ficus benjamina* o un cítrico o tal vez una *Euphorbia tirucalli*? Inventemos decoraciones adaptadas a soportes distintos. Más originales, menos cruentas y, en todo caso, ¡también verde urbano!

DONDE EL TIEMPO SE CONVIERTE EN AGUA

Enero de 2011

Alegra que se esté consolidando un nuevo concepto de jardín capaz de incluir lo que, hasta hace poco tiempo, no se tenía por tal. Nunca me había topado con un libro de jardines italianos que me produjera un sobresalto de asombro al encontrarme, entre tantas villas elegantes, balaustradas, topiarias y estatuas, unas imágenes que son una bocanada de aire fresco, una irrupción de fantasía y de libertad. El libro de Helena Attlee, *Italy's Private Gardens: An Inside View* (Frances Lincoln, 2010) no es la acostumbrada postal anglosajona sobre la belleza de nuestro país, aunque el tema podría hacernos temer un *déjà vu*. Y, en efecto, me disponía a dormitar incluso ante las preciosas fotos de Alex Ramsay y sus pinceladas de frescura a unos cuadros en parte previsibles. Nunca me habría esperado, dentro de tanta tradición, un repentino paisaje desnudo y crudo, la naturaleza. Ni descubrir que en la laguna de Venecia, ciudad en la que, como advertía el poeta ruso Iósif Brodski, el tiempo se convierte en agua y no discurre inexorable, sino que lo deja todo como suspendido en un espejismo de épocas pasadas, ha nacido un jardín, o quizá su contrario, que supone una auténtica revolución. Surge en una isla minúscula de la laguna, en una lengua de tierra tan marginal que carece de nombre. Jane y Francesco da Mosto tienen allí su casa de campo. Con cuatro hijos es más fácil llegar en barco desde el palacio en el Gran Canal que tomar el camino de la tierra firme. Científica ambientalista, autora de un libro dedicado al arte de salvar Venecia, la sudafricana Jane se ha limitado a lo que llama una redacción mínima de lo que ha hallado, un no-jardín abierto a la exploración de los niños, un sitio en el que jugar al escondite, subirse a los árboles, columpiarse... en otras palabras, en el que desfogarse en un ambiente rústico. Si lo plantamos todo nosotros, dice, siempre sabremos lo que nos aguarda. Aquí, en cambio, las sorpresas no se acaban nunca, hasta el laurel ha crecido por su cuenta... ¡y lo útil que resulta para cocinar pescado! No ha interrumpido el frente de tamariscos, esos preciosos árboles costeros, equivalentes mediterráneos del mangle. En un espacio en semisombra, cercano a un bosquecillo que entremezcla sus tonos con el verde glauco de las hierbas marinas, Jane ha plantado setos de rosas señalados al pie por las conchas que encuentra en la playa. ¿No es bastante para crear un jardín?

LA CIUDAD DE LOS MANGLARES

Febrero de 2011

Soy una vegetariana frustrada —por la gula— y no sé resistirme a las quisquillas, aunque no ignoro que comer las cultivadas es hacerse cómplice de la destrucción de los manglares. Qué alivio recibir noticias de Dakar que aumentan las esperanzas para estos bosques fundamentales que protegen el delicado hábitat de las costas tropicales. Desde hace algunos años, en el delta de Sine-Saloum y en la Casamanza, pescadores y agricultores, países enteros, han reaccionado contra su destrucción, y se han sembrado millones de plantas para evitar la erosión de la costa, conservar la franja de protección de los arrozales y la fuente de aprovisionamiento de leña. Los niños, las mujeres... todos han comprendido lo que se juegan. Si en la tierra firme la vida orgánica llegó de los océanos, en un manglar se tiene la sensación de estar en un parteaguas, literalmente, entre lo orgánico y lo inorgánico, entre lo animal y lo mineral. En Senegal, donde los he visitado, estos bosques verdísimos parecen casi el contrapunto del mayor desierto del mundo, cuya amenaza se advierte por el norte. Un árbol comunica siempre una sensación protectora. Y aquí con más razón, porque el manglar —unas cincuenta especies del género *Rhizophora*— ha desarrollado su propia forma de sobrevivir a las adversidades: el agua salada de las mareas oceánicas que desgasta la costa, los detritos que se vierten al delta desde los ríos y las corrientes que impedirían a las semillas germinar con tranquilidad. ¿Qué se inventa entonces el árbol madre? Hace que la semilla germine en la planta para luego dejarla caer en el cieno, donde se incrusta como un clavo cuando es ya una plántula, es decir, después de haber desarrollado raíces suficientes para anclarse e impedir que se la lleven las corrientes. Más tarde, esas raíces pequeñas se elevan, demostrando una vocación de palafito, y tronco y ramas crecen por encima de éstas, que llegan a formar una maraña de arcadas de madera, un mundo aparte convertido en refugio de peces y crustáceos, una especie de populosa ciudad subacuática de pequeñas criaturas marinas, que, entre esas raíces, se defienden de los grandes predadores oceánicos y son también un maná para los pájaros, los cuales introducen el largo pico en el laberinto, pescan y encuentran ellos solos de qué vivir. ¿Acaso se puede permitir que todo esto desaparezca?

EL PLACER DE ESPACIAR

Marzo de 2011

Cuando toma forma el sueño de un jardín, el nuestro, pensamos enseguida en las plantas que acogeremos. Las primeras que se nos ocurren son las conocidas, las que nos gustan. No siempre son una buena idea, pero da igual; la memoria afectiva tiene sus cosas, sus rarezas. Así, se puede desear una adelfa para el jardín de colina sólo porque, de pequeños, en la casa de las vacaciones en el mar, nos gustaba la compañía de esa flor alegre y refulgente de rosa y rojo. ¡Y ni siquiera sospechábamos lo venenosa que era! Agotadas las plantas del corazón, fuimos a espiar las de otros jardines, a hojear catálogos, a enamorarnos de las admirables desconocidas que encontrábamos en las exposiciones. Y nos dejamos llevar. Al principio, todo parece posible, la hospitalidad es infinita. Luego nuestras criaturas crecen, de la talla infantil pasan a la dimensión adulta, y empieza a negársenos el placer de cavar hoyos, de plantar y de acoger. Se apodera de nosotros una nostalgia de espacio, de posibilidades aún sin explorar, y sobre todo de luz y de aire. Si al principio la pasión dominante era rellenar, colmar los vacíos, acumular y amontonar sin criterio, ahora esa pasión se frena. ¡Cuánto mortifica la obligación de ordenarse un poco, de refrenar las ansias de algo en apariencia tan virtuoso como el impulso de lograr que crezcan y se multipliquen unas criaturas vegetales tan valientes, tan útiles, tan buenas…! Es casi como ponerse a dieta, ¡qué brusca inversión de ruta impuesta a los alegres y desenfadados espíritus animales! Sin embargo, en esta pausa tal vez descubramos un nuevo e inesperado placer, el de espaciar, el de crear claros. No necesariamente destrozando con brutalidad árboles y arbustos, sino induciéndolos a vivir y dejar vivir. Incluso a alimentarse unos a otros, como logré hacer cuando al fin conseguí alquilar una biotrituradora de esas de verdad, grandes, pesadas y con orugas, junto con su expertísimo operario. Juntos pasamos el día cortando las ramas bajas que quitaban la luz y que, una vez desmenuzadas, dispersamos al pie de los setos y las perennes. Poco a poco volvió la luz y aparecieron los calveros. Y entonces recordé que, antes del jardín, el inicio neolítico de nuestra civilización fue un claro ganado al bosque.

LIRIOS Y FRESAS EN EL CEMENTERIO DE LOS INGLESES

Abril de 2011

El 29 de abril del año pasado visité el Cementerio de los Ingleses, llamado así popularmente, aunque lo dirige la Iglesia evangélica reformada de Suiza, porque los extranjeros que residían en Florencia eran en su mayoría ingleses. Allí encontré en plena floración a mi preferida, la *Iris pallida dalmatica*. En mi jardín, donde la planté al pie de un viejo tilo, retoñador incorregible, el verde fresco de las hojitas todavía dobladas por el peso de las yemas da luz a su tierno malva. Me maravilló encontrarlas tan numerosas y espléndidas. Con todo, llegar hasta allí fue lo menos adecuado para una casa de los muertos. Si en otro tiempo crecían en esa parte las murallas de la ciudad medieval, derribadas en 1877 (de aquella época sólo queda el Giardino della Gherardesca), ahora rugen, ahúman y, reconozcámoslo, «atufan» las carreteras de circunvalación, con el resultado de que el antiguo cementerio se ha convertido de hecho en una rotonda bastante curiosa, y es muy improbable que consigas entrar dejándote llevar por tus pasos, a no ser que vayas ex profeso. Desde luego, no existe ni rastro de la llamada zona de respeto indispensable para mantener una atmósfera recogida y tranquila. Eso sí, en su tiempo le sirvió de inspiración a Arnold Böcklin, cuyo estudio se ubicaba no muy lejos, y cuya hija está enterrada allí, para su famoso cuadro, *La isla de los muertos* (*Die Toteninsel*, con cinco versiones entre 1880 y 1886), al menos, según la tradición, porque cuanto más miro el cuadro más me recuerda a la isla de San Michele, en Venecia, vista desde las Fondamenta Nuove. La tumba más conocida es la de Elizabeth Barret Browning, pero hay bastantes rusos y otros poetas, como Walter Savage Landor y Arthur Hugh Clough, sobre cuya tierra han vuelto a crecer las fresas desde que, por fin, han dejado de utilizar los herbicidas. Paseando por los senderillos, pensé también en lo que escribe Umberto Pasti en su invectiva contra las rotondas como lugares donde no se puede hacer nada... ni enamorarse, ni abrazarse, ni tumbarse a leer. ¿Tendría sentido convertirlas en pequeños cementerios para animales? La rotonda, inaccesible debido al asedio del tráfico, ¿no es en el fondo una perfecta metáfora del más allá, donde un río de tráfico, en lugar del Aqueronte, separa el mundo de los vivos del de los muertos?

PARA MI CESTA, LAS ROSAS MÁS BONITAS

Mayo de 2011

Cuando se acerca la primavera comienzo a espiar los capullos de las rosas desde que aparecen minúsculos y apretados, como cofres en miniatura, ora gorditos, ora alargados, algunas veces con los sépalos dispuestos caprichosamente en forma de surtidor. Todos me conmueven, con una mezcla de ternura y curiosidad por los tonos y las formas comprimidas de un modo inverosímil. Hasta que algo empieza a manifestarse: el puño de los sépalos se afloja al tiempo que la flor se impacienta por abrirse a la luz. El capullo se rinde, hasta que, por fin, se invierten las partes: la corona de los sépalos se pliega, derrotada al pie de la flor triunfante, ora dibujada con trazos de arquitectura *art nouveau*, ora desdibujada como las manchas de color de un impresionista, ora con sus pétalos dispuestos en una sencilla corola como en un códice miniado. Comienza entonces, al alba, mi lento y estupefacto deambular de seto en seto, de sarmiento en sarmiento, con la cesta y las tijeras para coger las rosas más bonitas y llevarlas a mi mesa de trabajo, al reparo del sol abrasador. Un idilio. Es una vergüenza, porque, sólo unos meses antes, las ramas desnudas de las que iban a brotar tantas maravillas fueron el objetivo de mi más despiadada intolerancia. ¿Confesarlo? Este año las he podado con una cierta animosidad, esperando —en secreto, aunque no mucho— exterminarlas de la primera a la última. Estaba muy enfadada porque una de ellas se había atrevido a pincharme y hacerme una herida en el cuero cabelludo con sus espinas torcidas. ¡Muy mal! Qué malvadas estas rosas, ¿será que antes de colarse entre las ramas para liberarlas de las partes secas, airearlas y, en definitiva, hacerlas más sanas y más felices, hay que pertrecharse de casco y armadura? ¡Muy mal esos bultos sanguinolentos en el cuero cabelludo! Razón tiene un valiente amigo mío, que las ha desterrado de su jardín porque los setos desnudos le horrorizan. ¡Horrendos y espinosos! Y qué dicho tan tonto ese de que no existen rosas sin espinas, cuando delante de mí sólo veía espinas y ni una sola rosa. ¡El odio es ciego! Las flores estaban todas, pero en embrión, ocultas debajo de la corteza oscura, a la sombra protectora de las muy aguerridas espinas. Y han salido más bonitas que nunca, como si quisieran reírse de mis iras invernales de jardinera herida. ¿Tendrán razón los que sostienen que lo más eficaz para que una planta dé lo mejor de sí es amenazarla con la motosierra? Lo dudo.

CARACOLES Y VIOLETAS

Junio de 2011

Los caracoles nos inspiran un deseo único y apremiante: librarnos de ellos para siempre. Según su índole más o menos despiadada, el jardinero ofendido pondrá trampas de cerveza, esparcirá gránulos venenosos, levantará barreras de ceniza o de serrín, colocará a modo de trampas tejas y láminas, se armará de un cubo para recoger a los enemigos capturados y arrojarlos lo más lejos posible de las tiernas hojitas que acaban de despuntar en el huerto. ¿Cabe imaginar una relación distinta entre estos animales y nosotros? Probar no perjudica. Reducida a un estado de casi completa pasividad por una enfermedad misteriosa, Elizabeth Tova Bailey volvió a establecer un vínculo con el mundo gracias a uno que llegó a su mesilla en un tiesto de violetas. La primera noche, inmóvil e insomne en la cama, lo vio bajar del tiesto para explorar el nuevo ambiente. Por la mañana, había un agujero en un sobre; el caracol, animal nocturno, se lo había comido. ¡Qué triste, una dieta a base de papel! Mejor ofrecerle flores marchitas. En el silencio de la noche, ruido de flores y tallos mordisqueados, como cuando se mastica apio, pero nunca el menor daño a las violetas, es decir, a su guarida. Más aún, mostraba un enorme placer, expresado con un baile de las antenas, cuando Elizabeth las regaba. Igual que ella, lenta y aislada de su ambiente, se había convertido en la única compañía posible para Elizabeth, que, una vez curada (lo cuenta en su libro, *El sonido de un caracol salvaje al comer*), satisfizo la curiosidad que había despertado en ella su silencioso amigo. Y descubrió un mundo inesperado: el sentido social, como ya había observado Charles Darwin, la capacidad de unir fuerzas para escapar de sus captores, incluso levantando juntos la tapa del recipiente que los lleva a un restaurante. La expresividad de las antenas, las flechas de Cupido que se lanzan antes de aparearse. La versatilidad hermafrodita, que combinada con la capacidad de llevar consigo el esperma durante años, permite fecundar los huevos en el momento oportuno. La lengua, que corta como una cuchilla de unos 2640 dientes minúsculos. ¡Qué espantosa habilidad para multiplicarse y exterminar nuestras plantas! ¡Así es como arrasan las lechugas recién despuntadas! «¡Alimañas, alimañas!», decía mi abuela, que los pisaba sin muchos escrúpulos, convencida de su derecho.

EN LOS ÁRBOLES, COMO LOS MONOS

Julio de 2011

Una tarde medio lluviosa medio estriada por el ocaso primaveral, mientras seguía la teoría de los intérpretes en el milanés Parco Nord, tuve la sensación de que el teatro se había liberado por fin de la caja escénica en la que llevaba demasiado tiempo encerrado. Advertí una frescura espontánea. Junto a ella, inevitables, los fuera de programa, los imprevistos: un ritmo de *heavy metal* llegaba desde una discoteca perdida en el interior de Lombardía, un estruendo de lluvia, el ladrido insistente de un perro. Actores y músicos andaban. De vez en cuando, una parada para una lectura, un intermedio musical, un acto escénico. Las palabras, el lugar, la luz del cielo. Y los árboles. Las oficinas de la empresa Breda no son ya el único sitio al que ha regresado la naturaleza. Caminando en el crepúsculo por el parque, los actores despiertan el recuerdo de la génesis misma del teatro en los claros de los bosques. Los primeros templos fueron árboles, grandes árboles, antes de que se sustituyeran por columnas. Las reuniones de los hombres se celebraban a su sombra. Casi todos los monos continúan haciendo lo mismo, viven en tribus encaramadas a grandes árboles, que son como inmuebles vociferantes, y su posición en las ramas más o menos altas, más o menos cómodas, soleadas o umbrías, es un mapa de sus jerarquías. En Grecia, tomaban café u ouzo a la sombra de unos plátanos cuyas ramas nudosas se alargaban casi paralelas al suelo. Más al norte, el cometido de velar conversaciones y banquetes era de los tilos o de los robles. El teatro también empezó así. Y encontró la inspiración entre los árboles, literalmente, porque convirtió en gestos y en palabras el soplo del viento; esa energía inasible y aun así no incorpórea, transparente pero visible en los movimientos de las ramas y la hierba, en las sacudidas de los setos y el susurro de los troncos. Devuelto a un marco natural, al paisaje, el teatro se convierte —¿vuelve a ser?— algo distinto. Con un gesto que tiene algo de mágico, adopta el poder de evocar presencias. Impone una hipótesis de *genius loci*. Invita a ver un no sé qué de animado en el lugar, al que confiere una dignidad, si no de persona, sí de protagonista. En todo caso, establece con el paisaje una relación que no es de mera utilización instrumental, como en el caso del espectáculo confinado a un lugar cerrado. Se hace diálogo. Agnición de ese algo numinoso que todos nosotros advertimos, oscuramente, en la naturaleza.

LAS BODAS DEL ÁRBOL Y LA VID

Agosto de 2011

Hay paisajes en cuya contemplación podrías perderte. Nos alejamos, apremiados por las cosas pendientes, y enseguida nos asalta la nostalgia. ¿De dónde nace tanta felicidad con sólo mirar? Sin duda satisface nuestro deseo de armonía delante de un entramado de formas, colores, luces y sonidos tan conseguido que llega a parecer fruto de un diseño, obra de artista. No de un individuo, sino de una población entera que comparte intención y gusto. El paisaje atestigua la calidad, o lo contrario, del encuentro entre el ser humano y la naturaleza. Señal y síntoma de que se ha llevado a buen término es la sensación de paz, de plenitud, de alegría por el mero hecho de estar en el mundo que nos comunica la visión. Como en el final feliz de un cuento: «Y vivieron felices para siempre». En otras palabras, ha sido la celebración de unas bodas. No de un hombre con una mujer, sino del lugar con quien lo habita. Hubo un tiempo en el que las plantas se casaban unas con otras, como las llamadas vides «maridadas». La vid aspira a cimas para ella inalcanzables, por eso, como una primera bailarina, adopta como compañero un árbol. Suelen ser los olmos, pero, y así lo cuenta Ilaria Agostini en *Il paesaggio antico* (AION, 2009), también los laburnos, un encanto de racimos de flores doradas cercano a la viña recién florecida, los chopos y otros, según las zonas. De tronco en tronco, los sarmientos de la vid formaban guirnaldas y festones... otros tantos acentos que imponían al paisaje un ritmo, un fraseo casi musical o un verso poético. Quedan pocas vides maridadas en soportes vivos. Hace años vi algunas maravillosas en una curva de la sinuosa carretera que cruza el magnífico paisaje entre Poggibonsi y Volterra. Hasta que un día reduje la velocidad en vano; los árboles habían sido abatidos, sustituidos por palos en el cemento. Esta dolorosa desilusión me ayudó a comprender que lo que nos hace felices de un paisaje cuidado con amor y sin miedo a dedicarle el tiempo de una vida es la gratitud hacia ese desconocido que disfruta de componer un cuadro amable, de modo que, además, da placer al no menos desconocido transeúnte. En cambio, si uno tropieza con algo impuesto al paisaje únicamente por un ciego sentido práctico y no por la belleza del cuadro, nos sentimos consternados, como cuando tratamos con un patán que sólo se ocupa de tirar adelante, sin pensar en nada más. Indiferente a la sintaxis del *jardin continuel*, como definió el campo que rodea Nápoles un viajero del siglo XVIII.

LAS ESTRATEGIAS EXTREMAS DE LA CALABAZA

Septiembre de 2011

Al acabar el verano, la calabaza plantada en el lado norte del patio, en su marcha hacia el cálido sur, ha llegado al árbol de los pistachos. Me divierte verla viajar, lenta carroza de Cenicienta, hacia lo que más desea, la luz y, al mismo tiempo, para aunar mejor sus energías con las del sol, abrirse camino echando raíces subsidiarias para chupar la humedad que necesita. En efecto, ¡se necesita mucha linfa para hinchar el fruto anaranjado hasta que se asemeje a una ballenóptera obesa! La calabaza la absorbe toda, adopta cualquier recurso o estratagema a su alcance, explora con sus tentáculos las posibilidades de asirse, elige el punto justo para crear su obra maestra: el fruto maduro y abarrotado de semillas, tantas como para asegurarle la descendencia. ¡Lo menos parecido a una cabeza vacía! Giovanni Comisso proclama sin medias tintas su inteligencia. El escritor de Treviso se había trasladado hacía poco a una casa de campo en Zero Branco, adquirida con las ganancias de un viaje a Oriente. Quedó impresionado ante unos «niños guapos y despiertos alrededor de la tierra que abrían para crear». Mirándolos, se enamora de la tierra. La entusiasta inmersión en la vida de los campos le descubre una forma de felicidad nueva y distinta a la vida febril, gozosa y rica de viajes y relaciones que había llevado hasta entonces. Descubre la posibilidad de un entusiasmo que se repite siempre igual y aun así como nuevo con el paso de los días y las estaciones. Comprende que la vida del campesino tiene sus atractivos, modestos pero poderosos. Como amante celoso del huerto, observa con atención el comportamiento de las plantas. Se maravilla de su capacidad para calcular los movimientos exactos con tal de asegurarse el bienestar y la supervivencia. Ahora bien, si algo lo deja de piedra es la calabaza, que ha concentrado su energía en un único fruto, madurado a costa de desinflar las hojas, sacrificar las demás flores femeninas y, por fin, secar la planta al pie de la turgente descendencia. Comisso se conmueve hasta el punto de dedicarle páginas que son un relato (en *La mia casa di campagna*). Y anota: «El arte me importa y no me importa. Me importan mis campos, lo poco que rinden, porque el mundo entero cabe en un metro cuadrado; basta con saberlo para disfrutar. Y yo disfruto intensamente de lo que me rodea. Me basta con eso y doy gracias al Señor».

OTOÑO, CUANDO TODO COMIENZA

Octubre de 2011

Creo que el albaricoque es el rey indiscutible del otoño. Tiene unas hojas sutiles, que, al marchitarse, se jaspean con tonos suntuosos de amarillo maduro, verde anaranjado, rojo otomano y rosa carmesí, con acentos de laca dorada, pardo llama y gris cobrizo. Así que luego, cuando, como suele ocurrir con los hielos imprevistos pero despiadados de abril, me quedo sin fruta, no me enfado demasiado. Paciencia, me digo, otra vez me he quedado con las ganas; para compensarlo vendrán las hojas de otoño con su encanto. Pero ¿qué es, en realidad, el otoño? ¿Una estación de pérdida o el auténtico comienzo del año? No deberíamos decir que las hojas se secan y caen, sostiene Karel Čapek, ¡eso no es más que apariencia! La verdad, mucho más alegre, es que las empujan las yemas nuevas, las que se desplegarán en primavera. Es como decir que las viejas, de grado o por fuerza, se baten en retirada, aunque no apremiadas por la guadaña de la Muerte, sino expulsadas por las implacables nonatas; por una vida nueva... y bastante agresiva. Es cuestión de puntos de vista o, si preferimos, de posiciones. Menos optimista que Čapek, Pushkin hallaba un motivo de melancolía primaveral en el regreso de las hojas a los árboles desnudos. En *Eugenio Oneguin* (8, III), su espléndida novela en verso, observa que la naturaleza vuelve a la vida, sí, pero ¿y nuestros años marchitos? A ésos no les es dado renacer. Entonces, ¿no será la primavera la estación en la que nos resulta más cruel la pérdida? Ya lo sé, ya lo sé, seremos cada vez menos jóvenes, tendremos cada vez menos fuerzas, pero ¿qué importa? ¿Qué motivos hay para perder el tiempo delante del espejo cuando es tan apasionante el espectáculo de las metamorfosis de la naturaleza? El jardín, a diferencia de nuestra cara, es maravilloso en todos sus momentos, desde que pierde las fuerzas hasta que recupera el vigor. Y en el huerto, cuando con el fresco y la humedad se puede volver a trabajar la tierra, es imposible no disfrutar de la reencontrada desnudez, espléndida en su despojo de color, con ese tono imperioso de marrón, de una belleza pura y absoluta. Fertilizando el terreno, encuentro fieltro de raíces de grama, pero también arcilla amarillenta, humus friable y piedras. Planto alguna que otra acelga invernal y para protegerla voy a recoger unas hojas al bosque que está detrás de casa, un buen mantillo fragrante de musgo y de hongos. ¡Qué temblor de alegría en la nariz!

CORAZÓN DE PATO BAJO LA LLUVIA

Noviembre de 2011

¡Llegaron los aguaceros agresivos y gozosos de noviembre! Ya sé que no a todo el mundo le gustan estas lluvias fustigadoras del otoño. A mí, en cambio, esos baldes de agua que arroja el cielo desde lo alto me ponen contenta. Tanto es así que una vez, paseando por Venecia con una sonrisa de felicidad estampada en la cara, estuvieron a punto de lincharme. ¿No es indecente dejarse llevar por el drama atmosférico hasta el extremo de no advertir las mil molestias, cuando no los problemas o las pequeñas tragedias que causa la inundación? Aun así, ¿qué puede hacer quien, como yo, ha nacido con un corazón de pato? ¿Razonan los patos? Mejor es que se queden en casa disfrutando del estruendo del agua y de esa especie de neblina difusa que llena el espacio del jardín y lo transforma en una suerte de útero opalescente. Resalta las formas y aumenta su presencia; la luz adquiere una calidad de estudiada iluminación de interiores. Mira esos tallos de enredadera rosa que han brotado en el huerto con la tibieza de San Martín, no los había notado, pero ahora, humedecidos por el vapor de agua, el color cobra fuerza y destaca. Llego al margen extremo del bosque, donde la lluvia que baja impetuosa del monte se recoge en las acequias de delimitación de los campos. Macchia, mi exuberante fox terrier, tiene, como todos los cachorritos, una visión animista del mundo, hasta el punto de aferrar el agua con los dientes y adueñarse de ella como si se tratara de una culebra a la que dar caza. Parece que ha enloquecido; recorre la acequia al galope, persigue los surtidores, brinca a contracorriente y luego sale disparada hacia abajo. Similar a una bacante abstemia, celebra con danzas y piruetas la imprevista animación que transforma su reino, por lo general seco y tranquilo, en una fiesta de ruidos, crujidos, golpes líquidos y riachuelos borborteantes. Una barahúnda de sensaciones arrolladoras. Menos dinámica, yo paseo protegida por el gran sombrero de pastor, respiro y observo. Saboreo el disfrute de las formas que el vapor ligero, casi un velo, descubre con más nitidez: el rojo encendido de las bayas, el dibujo de unas manchas oscuras en las hojitas redondas del árbol de la niebla, marcadas en el amarillo todavía en parte verdoso por unos trazos oscuros como salidos del pincel mojado en tinta china de un calígrafo.

BOSQUES MINÚSCULOS EN LAS CORTEZAS

Diciembre de 2011

Me doy una vuelta entre los árboles deshojados. Absorta como cuando era niña, alargo la mano hacia los troncos, sin saber lo que busco. ¿Un contacto? ¿Una amistad muda? La desnuda desolación de los campos no deja mal sabor de boca. Es reposo, quietud, recogimiento; la delicia de una pausa musical; la ocasión de sentir formas de vida menos estridentes. En las cortezas, descubro unos bosques minúsculos. Son los líquenes. Manchas anaranjadas, oscuras, similares al óxido y al moho, algunas deshilachadas, dilaceradas, otras que parecen incrustaciones de cáscaras o de escamas. Se componen de filamentos, láminas y curiosos pedúnculos. Si me acerco hasta casi tocarlos, descubro un mundo; armada de lupa, tengo la sensación de hallarme ante una selva virgen, un paisaje incontaminado por la intervención de animales o seres humanos. La corteza gris de los fresnos recuerda a la piedra. Se te ocurre que la vida debió de infiltrarse en un planeta todavía rocoso por la paciente obra del liquen, por su trabajo de amasar la roca con vida orgánica. Dicen que los líquenes son señal de una relativa salud ambiental, pues sucumben allí donde la contaminación ha superado toda medida. Son criaturas híbridas y versátiles, que se forman en todo tipo de superficies, no sólo en la piedra o la corteza, sino también en el plástico y el cuero, en el acero y el vidrio, en las tejas y las paredes. Esas manchas redondas, irregulares, con los bordes deshilachados, más gruesas en el centro que en los márgenes, expresan, de algún modo, la aspiración de lo orgánico a remover lo inorgánico, a infundirle vida. Y manifiestan asimismo una soberana indiferencia por las fronteras entre los reinos. De hecho, nacen por la simbiosis de las algas, que, como casi todas las plantas, saben obtener la energía del sol, y los hongos, que solos no sabrían cómo alimentarse. Inmóvil en apariencia, el liquen quiere aferrarse con sus filamentos a las cosas para transformarlas. Impasible, soporta condiciones climáticas extremas, desde la Antártida hasta el desierto. Nada más se rinde frente a la contaminación, por falta de los mecanismos excretores necesarios para expulsar las toxinas. Emprendedor y al mismo tiempo indefenso. Es como una advertencia: la vida en esta forma primaria se encarna donde la materia no se haya ensuciado. Con esa condición emprende su lentísimo crecimiento, un cuarto de siglo para recorrer apenas un milímetro.

LAS VIBRACIONES DEL LUGAR SELVÁTICO

Enero de 2012

A veces, paseando por ciertos jardines antiguos advertimos la vibración de algo salvaje, como si nos halláramos en un bosque. No creo que se deba al abandono en que algunos se encuentran, ni a su proximidad al *barco* o reserva de caza para el señor y su séquito, ni tampoco a la presencia de redes de niebla para atrapar pajarillos. En resumen, no creo que se trate de un motivo contingente, sino más bien de algo intrínseco a la poética de quien los concibió, expresada en estatuas de ninfas y faunos, divinidades tutelares. Los paisajistas antiguos forzaban la tierra con el fin de convertirla en un espacio placentero para los humanos. ¿Tanta osadía le parecería una invasión al *genius loci*? Bastaba entonces con encargarse de rendir honores a la presencia silvana, reconocer la divinidad de las fuentes y aplacar las fuerzas de la naturaleza con un homenaje. La parte cultivada era consciente de no ser más que una declinación posible de la parte salvaje, a la que estaba unida por lazos de vida y de muerte. Claro, había mucho espacio, suficiente para expresar con abundancia de medios una visión del cosmos. Sin embargo, no creo que la incapacidad de ciertos jardines para sosegar nuestra inquietud sea un problema de dimensiones. Más bien es un malentendido. Es creer que basta con el material —la planta, el arriate, la estatua, la fuente— para evocar ese indispensable no sé qué. ¿Alma? ¿Atmósfera? No sabría decirlo. En todo caso, algo tan invisible y tan impalpable como una música, un ritmo, aunque no por eso menos real. ¿Qué hacer? Dejar hacer, pienso yo. Los dones del gusto, el talento y la sensibilidad no se reciben en un vivero, ni tampoco en un estudio de arquitectura. Si acaso, hay que estar abierto a la contemplación de la belleza: en el cauce de un torrente, en el viento que anima un prado. Estar dispuesto a entender un paisaje. Aprender a maravillarse con armonías no siempre creadas por el ser humano. Ir a buscar inspiración entre los grandes árboles y las florecillas espontáneas, en la fragancia del musgo, en el olor intenso de los hongos. Y en una soledad absorta, para saborearlo mejor. Luego, iniciados así al misterio de la vida, conservar su emoción. De vuelta a casa, trajinar en el jardín con utillaje y plantas, mantillo y abono —¡claro!—, pero conscientes de que nuestros gestos no son en cierto sentido más que una muda oración dirigida a invocar una presencia. Solemos llamarla naturaleza. ¿Y si no tuviera nombre?

LA LLAMADA DE LAS PRIMERAS VIOLETAS

Febrero de 2012

Hay en el jardín un sitio resguardado, cerca de la terraza, donde florecen las primeras violetas. De un tono luminoso pero intenso, como si no quisieran llamar mucho la atención, se asoman un poco por debajo de los corazoncitos verdes de las hojas, como por la solapa de un abrigo. Despiden un aroma tierno. Por la mañana, con el brillo de una escarcha que recuerda a cristal de azúcar, se te hace la boca agua, como ante las golosinas en el mostrador de una pastelería. Sí, el frío es cortante y te inspira imágenes de teteras humeantes y chocolates a la taza. Sin embargo, esas primeras violetas tienen una especie de poder, como una llamada. Invitan a no volver al calor, sino a correr al bosque, a rebuscar entre las hojas ya desmenuzadas otras florecillas precoces y atrevidas. Y las encuentro, ¡ya lo creo! Tan minúsculas, tan bien diseñadas, tan perfectas con sus formas limpias, traen a la memoria algunos versos de William Wordsworth, el poeta romántico inglés que quiso cantar las cosas sencillas de la naturaleza. A él, los árboles, los campos y las flores le parecían «algo que ya no existe».

¿No existe ya o no existe todavía? ¿O tal vez existía ya, entonces? Recuerdo el estupor que sentí de pequeña observando en mi libro de texto el dibujo en blanco y negro de los campos de trigo en el antiguo Imperio romano. Mirando asombrada aquellos campos sin color, encontré alivio en la certeza de que, sin duda alguna, también ese trigo había sido verde y brillante, como las dulces briznas de hierba que yo había chupado en la finca de Montecarlo. Todo había cambiado, habían pasado los imperios y los siglos oscuros de los castillos roqueros, pero la hierba era la misma, las flores eran las mismas. Igual el gesto de acercarlas a la nariz, de componer un ramo. ¿No es asombroso? Nadie podría distinguir la violeta que crece debajo de mi casa de aquella que arrancó una antepasada nuestra en la noche de los tiempos. Y si la violeta es la misma, puede que nosotros no seamos tan distintos, al menos desde el punto de vista de ésta: la misma mano alargada hacia la flor, la misma nariz para aspirar su olor y quizá unos labios entreabiertos para mordisquear los pétalos. Hay algo que nos acoge, mudable pero constante, algo más indiferente a nuestras modas y más tenaz, por ahora, que nuestros ciclos de progreso y retroceso. Un útero de bosques potenciales, una energía vital dispuesta a resurgir idéntica y maravillosa allí donde encuentre el espacio que necesita.

LIBEREMOS LAS PISTAS TIERRA-CIELO

Marzo de 2012

Mi amor por el jardín brotó cuando era una niña, leyendo cosas sobre la emoción de descubrir la tierra oscura salpicada de los puntitos verdes de los bulbos de narcisos y jacintos. ¿Será el motivo de que todos los meses de marzo mire a mi alrededor con un estado de ánimo de principio de año, absorta en balances y proyectos? Salgo de casa, contenta de poder dedicarme a lo que es tal vez la única actividad placentera capaz de reducir el efecto invernadero, si se practica bien. Como acabo de leer a Diane Beresford-Kroeger, ecologista y botánica, tomo en consideración una idea tan fantástica que parece futurista: crear pistas de aterrizaje para los pájaros. Sí, a mí, como seguramente a vosotros, me dio la risa en ese momento, ¿cuándo las plumíferas criaturas inteligentes y sobre todo vivas han demostrado tener las mismas necesidades que los aeroplanos? ¡Ah, el poder de los hábitos mentales! No nos extraña que Leonardo diseñara máquinas volantes estudiando a las criaturas aladas. ¿Por qué excluir el recorrido inverso? En cualquier caso, liberar pistas tierra-cielo en ciertas zonas demasiado espesas de mis dos bosques coincide con el deseo de ganar luz. ¡Se han hecho tan voluminosas las plantas adoptadas de pequeñas! Ahora, ya adultas, ocupan demasiado espacio. Es más o menos el error que cometemos todos, ¡si fuéramos capaces sólo un instante de cuidar, junto a los llenos, los imprescindibles vacíos! Es cierto que los pájaros pueden sostenerse en las ramas altas, bajar desde allí a saltitos y, con un rápido golpe de alas, cazar termitas y pulgones. Con todo, sin calveros, sin prados, sin canales entre los árboles, no les atraerá planear hasta el suelo comiéndose por el camino los insectos que les gustan. Es asombroso lo poco que pensamos en las vías y las corrientes de aire. Por lo demás, la buena salud de los árboles frutales depende más que nunca de las «operaciones de patrulla» que realizan los pájaros. Curiosa expresión que nos trae a la mente los grandes bulevares construidos a mediados del siglo XIX por el barón Haussmann para facilitar el mantenimiento del orden público, aunque también para hacer de París una ciudad más saludable. En el jardín, cuando mirlos y chochines, golondrinas y tordos, vencejos y carboneros puedan despegar, planear en el aire y tomar tierra, todo ello realizando con el pico abierto operaciones de higienización / supervisión, los árboles frutales, libres de insectos dañinos, serán más felices.

CUANDO LOS PETIRROJOS HACEN... CHIP

Abril de 2012

Por una vez, quiero entonar un canto a la tecnología. No excluyo la posibilidad de que me encuentre en un estado de gratitud desorbitada, ni de que en breve recupere la moderación, pero, mientras tanto, he perdido la cabeza. Y ésta es la causa: hace años que me pregunto cómo reconocer a los pájaros por su canto. A la edad en que se aprende a distinguir con todos sus matices los sonidos de las lenguas extrañas —humanas o no— nunca participé en batidas de caza, ni tampoco en las menos cruentas excursiones de observación de aves; la de los plumíferos nunca ha sido lengua materna, sonido evidente o música conocida. Ni siquiera la del ruiseñor, si debo confesar mi ignorancia abismal. ¡Cuánto me gustaría afirmar con rotundidad: ésas son las modulaciones del mirlo, la llamada de la abubilla o el repiqueteo inquieto de la alondra! Imposible contentarme con escuchar felizmente un gorjeo, unos trinos que adornan el cielo de arabescos invisibles. Sería como no poder llamar a las plantas por su nombre. Cuando, para atribuir un canto, me toca recurrir a la muleta de los ojos, casi tengo la sensación de padecer un déficit cognitivo. ¡Pobres oídos míos, tan mal instruidos! Primero pensé en hacerme con discos, grabaciones, para suplir con el estudio lo que no es fruto de la experiencia viva. Suena un poquito a empollona, lo admito. En cualquier caso, nunca di con nada. Hasta que un día, buscando en Internet una información sobre los tordos, me topé con un vídeo dedicado a su canto. ¡Oh, maravilla! Veo al pájaro, escucho extasiada su voz, memorizo lo que puedo. ¡No es nada fácil! Hay que entrenar el oído, acostumbrarse. Pero, mientras tanto, con un poco de paciencia, virtud imprescindible para quien no ha mamado con la leche materna este gozoso saber, albergo la esperanza de alcanzar la que yo considero una de las felicidades más puras: el reconocimiento. No es casualidad que leamos en las novelas que los amantes no tienen la impresión de haberse encontrado, sino la de conocerse desde siempre, como si hallaran lo que hasta ese momento sólo habían intuido oscuramente. Es lo que me pasa a mí cuando descifro los cantos. Qué le vamos a hacer si llegué tecleando en youtube.com «pinzón vulgar», «carbonero común», «pájaro», etc. Se empieza por donde se puede, luego hasta se bailará de alegría cuando, deambulando por el jardín, al fin se exclame: «¡Qué bien silbas, zorzal común! Pero ¡qué dulce piar, verderón! ¿Y el trémolo de ese petirrojo?».

EL HUERTO DE MAYO, UNA PÁGINA NUEVA

Mayo de 2012

Cuando compro las plantas estivales en la feria del Primero de Mayo, me asalta una especie de inquietud festiva, como de día de Año Nuevo. El motivo es que, con las hortalizas más o menos locales, las separaciones se notan poco, pero no es así con los tomates y las berenjenas, los pimientos y la albahaca, que no aguantan temperaturas muy inferiores a las habituales en su tierra de origen. Por eso el arriate de mayo se distingue de los demás; lo preparo sacando la tierra con la horquilla, sacudiendo los terrones, desmenuzándolos con la azada y luego con el rastrillo y arrancando con la pala las raíces fusiformes, con su sonido ligeramente metálico, de la temible potentilla. Al acabar, contemplo satisfecha ese marrón denso, luminoso, profundo, esa superficie en absoluto granulosa. Me gusta disponer de este espacio despejado, de esta página en blanco, donde vuelvo a experimentar la emoción del principiante. Trazo las hileras con el arado manual, con un lápiz extraigo las plantitas de los alveolos y las deposito a un lado del surco. En otros tiempos, los tipógrafos preparaban así las páginas que iban a imprimir, disponiendo las letras de plomo en la caja. Cultivaban palabras y frases, como nosotros hortalizas. La incrustación de las plantitas en miniatura en la superficie negra de la tierra trabajada posee la gracia abstracta de los jeroglíficos grabados en piedra blanda. ¿Por qué recurrir a Egipto, protestará alguien, cuando se podría decir que las plantitas nuevas tienen la frescura de las letras del alfabeto en el momento de aprender a escribirlas en primaria? Respondo: porque las letras del alfabeto son más una cosa de la mente que de las manos, mientras que con los jeroglíficos apreciamos cómo se entretejen íntimamente la escritura y la agricultura. Tomemos el que indica la cebada: con esa sucesión ordenada de concretísimos signos de hojas, semillas, hoces y arriates, se cuenta una historia, desde la siembra del grano hasta la cosecha. Así es en el huerto recién plantado, donde cada especie presenta un diseño claro y amable, como una palabra de esperanza susurrada a la tierra nutricia. Hay una sintaxis en la forma de relacionarse de las hortalizas recién plantadas, algo que recuerda el orden de la página escrita, la armonía de las notas en el pentagrama. Para captarla mejor, el huerto ha de presentarse nítido como en el primer día de la creación.

HERMANA MALEZA, LLAMADA DIVINA

Junio de 2012

¡Shhh! No nombrar el nombre en vano. Aun así, de vez en cuando se nos escapa. Fukuoka escribe que Dios es la hierba y los árboles, aunque, en realidad, el término que utiliza expresa algo más cercano a las fuerzas de la naturaleza y de la vida que a una persona divina. En Hildegarda de Bingen encontramos la *Sancta Viriditas*, la verde felicidad que hace vibrar de dicha las hojas y que no es tanto lo que llamamos linfa como esa energía espontánea e indómita gracias a la cual nacen las plantas hasta en el desierto más árido. Debe de ser así, como me cuenta fray Carlo, porque él sintió la vocación en el enredo de malezas crecido en el seco terreno de un edificio ruinoso de principios del siglo XX, en el centro del pueblo lombardo de Bovisio Masciago, no lejos de las vías del tren. Una vez derribados los antiguos edificios, con pocos miramientos por esos restos de arqueología industrial tal vez dignos de mayor respeto, la vegetación no tardó en reafirmar sus derechos. Despuntaron entonces el arbusto de las mariposas y la clemátides, y también el saúco, la paulonia, la robinia y el árbol del cielo, como si quisieran imitar al Jardín de Ninfa, cuya fascinación emana del hecho de haber crecido entre las ruinas de un pueblo medieval abandonado. Con la diferencia de que aquí el jardinero no ha sido una dinastía de mujeres de la familia Caetani, sino la propia naturaleza, que a la mayoría le parecerá pródiga en hierbajos, pero que al futuro fraile le inspiró una emoción profunda y, diría yo, franciscana. Hasta el punto de adoptar para llevárselo a casa, a salvo de las excavadoras, un seto de rosas sobrevivido al derribo de los edificios. Se había desarrollado una jungla en el perímetro de esos muros abatidos, abiertos al cielo como en la abadía cisterciense de San Galgano. Hubo que limpiar y deforestar para hacer sitio al campamento de tiendas que albergaba los encuentros de jóvenes. Entre ellos, fray Carlo, que, según me cuenta, advirtió entre tanta flora salvaje algo semejante a una presencia divina y comenzó a ver con otros ojos las hierbecillas pintadas a los pies de santos y vírgenes; no plantas «nobles», sino hierbas sencillas y flores del campo. Incluso, en una tela que lo impresionó por su atmósfera suspendida y casi metafísica, reparó en que el pintor había situado el encuentro de Jesús y la samaritana dentro de un herbario de humildes parietarias y plántagos que asomaban entre las piedras y de tiernos helechos que hacían guiños desde las paredes del pozo.

GERANIOS Y PLUMBAGO AL OTRO LADO DE LA VERJA

Julio de 2012

El balcón de una amiga mía da al jardín interior de una cárcel de menores, al que los chicos salen una hora a tomar el aire y a jugar al balón. Le ha llevado mucho tiempo aprender a no deprimirse delante de la alta verja que separa su mundo del otro. ¡Lo creo! A nosotros los jardineros nos embarga una sed tal de aire libre que la sola idea de que nos encierren en algún sitio... Es más, ¿tendré que confesarlo? La causa principal de mi amor por las plantas es que me proporcionan la excusa perfecta para no quedarme en casa. Pensar en la posibilidad de que se nos racione ese placer encoge el corazón. Esa mísera hora de aire, el juego con el balón a cielo abierto no pueden compararse con la satisfacción de pasear, rastrillo al hombro, cuando nos apetece. No sé lo que sentiría yo si, mientras trajino en el jardín, me encontrara frente a una persona a la que se le niega este instinto fundamental. Tampoco para mi amiga ha sido fácil toparse cara a cara con el mundo aparte de los reclusos. Aun así, en casi todas las cosas puede abrirse una rendija para quien disponga de la paciencia de buscarla. Si ser testigo de la negación de libertad arrojaba una sombra sobre sus placeres más sencillos, quizá cabría suponer también lo contrario. Es decir, el hecho de que verla regar, tender y leer en el balcón les proporcionara a esos chicos una cierta alegría. Escenas de la vida normal, de gustos sencillos pero tranquilizadores, quién sabe si capaces de infundir un poco de esperanza o por lo menos de despertar curiosidad por una vida risueña, aunque no exenta de peligros. Poco a poco, mi amiga se convirtió en una figura familiar. Y hasta oyó que la llamaban «abuelita», sin duda por el pelo blanco. No les hizo caso, ya que no le parecía justo, dada la disparidad entre su suerte y la de ellos. Pero, sin que se notara, con el rabillo del ojo, espiaba a esos chicos que, en su balcón, en los geranios, en el plumbago azul y el jazmín que civilizan los muros hallaron el único espectáculo exterior que se les concedía en vivo. Curioso diálogo mudo entre la jardinera pensil y los presos del patio, con aquel pequeño campo de fútbol, aquella cancha de baloncesto y aquellos tilos fragantes contra el telón de fondo de un antiguo convento florentino transformado en cárcel, que, aun así, continúa siendo un espacio concebido con plena conciencia de la armonía y la belleza.

CUANDO SE DERRUMBA LA SEGURIDAD

Agosto de 2012

Creo que tanto afecto por nuestros jardines nace de una suerte de gratitud instintiva por esa sensación maravillosa, casi infantil, de sentirse a salvo al menos allí. Lo advertí con absoluta claridad cuando, por un breve pero desconcertante momento, me embargó la sensación de que se rasgaba la bóveda celeste. A la hora serena del crepúsculo, mientras contemplaba tranquila las nubecillas ya grises que surcaban el cielo, un espantoso fragor rompió el encanto y borró el último fraseo amable de los mirlos, unos murmullos misteriosos. Poco después, por detrás de la copa de la gran encina, surgió una inmensa cometa amarilla estriada de negro que llevaba adosado un rugiente ciclomotor, maniobrado por una figura siniestra con casco y gafas oscuras. ¡Qué ganas de darle una buena perdigonada a ese cretino insoportable, a ese avispón humano a pocas decenas de metros de mi cabeza! En un instante, había puesto a prueba la vulnerabilidad del regazo en el que estaba acurrucada, así como la solidez de mis nervios, cuya índole quisiera pacífica. Por el aire, claro, donde no existen vallas que lo detengan. Con el enfado, se me vino a la cabeza una escena de *Stalker*, la antigua y preciosa película de Andréi Tarkovski, de la que se dijo a los siete años de su estreno que había anticipado la catástrofe atómica de Chernóbil. En la Zona, la amplia región clausurada donde se ha producido un cataclismo capaz de alterar las leyes normales de la naturaleza, ésta comienza a florecer de nuevo sobre los restos de nuestra civilización: muros desplomados, ladrillos rotos, máquinas enterradas, antiguos códices miniados. Tres hombres deambulan por el desolado escenario, entre extensiones onduladas de barro, árboles en la neblina, goteos de agua, líquenes sanadores, musgos esponjosos y verdeantes, hierbas movidas por la corriente limpia de un arroyo, en una flora de las ruinas que anuncia el regreso modesto pero inexorable de la vida. En la Zona existe una estancia secreta donde, como por ensalmo, se realizan nuestros deseos más profundos, los que ni siquiera nosotros sospechamos. Deseos a veces malvados, que nos inducen a la desesperación, o tan mezquinos que nos avergüenzan. Quién sabe lo que nos descubriría a cada uno de nosotros ese espejo del alma. Quizá también unos deseos sencillos y primordiales, como el de paz y silencio en un jardín amenazado por un exceso de insulsos juegos humanos.

ÁRBOLES EN LA CIUDAD, COMO UNA BÚSQUEDA DEL TESORO

Septiembre de 2012

Hace años conocí a un explorador de árboles metropolitanos. En cuanto acababa de trabajar, o a primerísima hora de la mañana, salía a pasear con su querida perrita Greta, un cruce de setter y spinone italiano, para dejarse sorprender por los inesperados fragmentos de naturaleza. Me hablaba de las sóforas que rodean la fuente de Piermarini, de la *Magnolia soulangeana* que crece detrás de la catedral, hermosa contra el fondo claro de una gran ventana gótica de mármol, iluminada bajo la lluvia por una farola. Me decía que paseaba por Milán como un botánico chino del siglo XVII, a la búsqueda de una flora desconocida. A medida que iba aprendiendo los nombres, reconocía las plantas entre la masa antes indiferenciada del llamado «verde urbano». Y entonces se manifestaban las paulounias, junto a las que antes, ignorante de la nomenclatura, pasaba como ciego. ¡Cuántos descubrimientos...! Un insólito viburno, un tejo, una acacia de Jerusalén con sus plumitas rojas. Con la idea de escribir un libro, llevaba varios cuadernos. En la agenda de paseo anotaba a grandes rasgos los descubrimientos, pero luego, en la de su escritorio, describía extensamente los lugares y las plantas; representaba en unos folios gigantescos las zonas de investigación coloreadas en verde: jardines privados visibles desde la calle, arbustos de las medianas. Un auténtico censo. Desde lo alto de una escalinata había admirado de cerca la copa de un ailanto; a la luz nocturna, sus curiosas flores —pequeñas hélices retorcidas— le resultaron serpentinas, pero si las tocaba eran como de raso y goma. El ailanto de via Pace ya no está, lo han cortado, me dijo abatido. Es excesiva la caducidad de los árboles en comparación con la permanencia de los libros; además lo bueno de esta exploración no es hacerla sobre el papel, sino paseando, con el gusto de encontrarse con los descubrimientos propios y ajenos. Decide, pues, contagiar a otros su pasión, convertirla en una idea viral. Y ahí la tenemos ahora, en www.linariarete.org, donde unos marcovaldos menos solitarios surcan el éter con mensajes alegres, el tam-tam de sus descubrimientos: ¡una *Davidia*! ¡Una malvarrosa en flor! Los mapas pueden verse en la red, con las indicaciones para la búsqueda del tesoro. Tesoros efímeros, como el florecimiento de una madreselva, el naranja de una caléndula, los frutos de una granada, en una crónica botánica diaria y sincronizada de la evolución permanente de la naturaleza en la ciudad.

BASTA UNA SEMILLA ENTRE LAS PIEDRAS

Octubre de 2012

Las colinas que circundan la casa son humildes. Poco elevadas, redondeadas por la acción del tiempo y con un perfil suave, demasiado suave, no han conseguido ganarse el respeto de los seres humanos. Y también porque son numerosas, una más, una menos... Ninguna se distingue entre tantas, ninguna impone el respeto de una montaña. Parece que han surgido más bien para servir. Por eso empezaron a roerlas con el fin de extraer piedra para la construcción, caliza y peñascos. Primero fueron excavaciones pequeñas, casi imperceptibles; luego, con el paso del tiempo, el aumento de la población en la zona, las fincas, las iglesias y la catedral con su baptisterio y su torre, fragmentos cada vez mayores. Pocas han quedado intactas, casi todas han acabado asemejándose a dientes cariados. De haber continuado con las extracciones, comenzadas hace siglos, estas modestas alturas habrían desaparecido por completo. Sobreviven descuartizadas, demediadas, con la sección interna al aire y el esqueleto al descubierto. Toda una profanación, y aun así es imposible no reconocer su patética belleza. Estas canteras abandonadas exhalan el encanto de los lugares en desuso, donde se aprecian las cicatrices del pasado depredador del ser humano. Con el ocaso, por la carretera que lleva de Migliarino a San Giuliano Terme, se iluminan de naranja contra el fondo verde del manto arbóreo. Si nos acercamos, distinguimos unos cuantos cipreses esbeltos en las gradas. No los ha plantado nadie, han crecido por las semillas que lleva el viento. Detenidas en alguna grieta, germinaron gracias a la humedad que conserva la piedra, captada en el bochorno de los días de verano. Las raíces se introdujeron en las hendiduras de la roca y a ella se anclaron. ¿Cuánto se necesitará para que el desgarro de la herida se recubra de nuevo terreno? Milenios. Poco a poco, a los cipreses se añadirán otras plantas pioneras. De vuelta a casa, paseando por el jardín diezmado a causa de la sequía estival, siento que recupero la confianza. El último verano ha sido duro, con el agua racionada, con el pozo que apenas permitía regar a goteo unos pocos cuartos de hora cada vez, entre una y otra recogida a cada cual más escasa de lo que enviaba la exhausta falda del monte. Sólo salieron adelante los más fuertes, pero, aun así, cuántos árboles todavía, cuántos arbustos y cuánta esperanza por aquellos jóvenes cipreses que despuntaron llenos de fuerza entre las piedras. Porque basta una semilla, un refugio, la humedad condensada en gotas contra las piedras enfriadas por el amanecer, y la vida regresa.

LA CAPUCHINA DESPISTADA POR LOS PRIMEROS FRÍOS

Noviembre de 2012

Comprendí hasta qué punto se siente desorientada una planta durante el veranillo de San Martín del año pasado, cuando, con la insólita prolongación del buen tiempo, las capuchinas, que, por lo general, ya han desaparecido a mediados del otoño, estaban rozagantes y pletóricas de energía. Nunca las había visto tan felices, como si por fin vieran realizada su verdadera naturaleza. Las flores amarillas, naranjas y a veces de un vibrante rojo carmesí se me antojaron más alegres y más vaporosas, los tallos se alargaban como lianas, y las hojas, gigantescas en comparación con su tamaño habitual, daban la impresión de emular a las del loto, cuya elegante forma de escudo comparten. ¿Qué sucedía? De pronto comprendí que la capuchina, extraña a nosotros, es de suyo una perenne y que su desaparición con los primeros fríos, después de pocos meses de vida, no es más que una muerte cruelmente prematura. Es dura la vida del inmigrante. La capuchina, originaria de Perú y de allí importada en el siglo XVII, es una extracomunitaria. Desde la enorme maceta de barro, incapaz ya de contener su exuberancia, alargaba los sarmientos hasta el suelo, entre la gravilla menuda, para luego serpentear en busca de resquicios en los que introducir alguna raíz, hacer algún acodo, dar vida a nuevas plantas satélites, expandir su área de acción. Las hojitas nuevas y húmedas de rocío, recién abiertas a la vida, expresaban una emoción especial. Eran gorditas, como bebés gorjeantes de felicidad. La progresión desde las grandes hojas maduras, gruesas, verde oscuro, nacidas en julio, hasta estas neonatas mostraba su espiraliforme armonía. Jamás había visto una capuchina con un aspecto tan satisfecho. Tal vez sea una locura atribuirles emociones a las plantas, pero a fuerza de frecuentarlas un día y otro acabamos charlando con ellas; al menos, nos creemos capaces de reconocer su estado de ánimo, el color de la tez, la buena o la mala salud. Ahora bien, aquella capuchina rezumaba una alegría de vivir que yo nunca había observado en la época estival, cuando está bonita, decorativa y pimpante, pero, aun así, con la expresión un poco incierta de quien aún no se ha recuperado del *jet lag*. En aquel cálido noviembre parecía acunada por la ilusión de cumplir al fin su trayectoria vital, de que aquella vez fuera la definitiva. ¡Se acabaron las desgracias de una estación truncada! ¡Ahora sí que empieza la vida! Pobrecilla, disfrutaba con la ilusión del momento, porque de allí a poco llegarían los hielos.

LUCES Y COLORES EN EL ÁRBOL DESNUDO

Diciembre de 2012

¿El árbol de Navidad ha de ser por fuerza una planta siempre verde? Claro, siempre verde indica eternamente vivo e invulnerable al reino de las tinieblas, el triunfo de la vida en el blanco cegador de la nieve allí donde surgió la tradición del abeto.

Pero cortar un árbol significa aceptar la lógica del sacrificio de una vida, es decir, los usos paganos contra los que luchaba la nueva fe. No sé si alguna vez se dijeron esto mis amigos de Cavallermaggiore, porque nunca les pregunté si eran religiosos. Al fin y al cabo, el árbol gusta a todo el mundo, creyente o no, sobre todo en las casas con niños. Sé que durante años, para no hacerse cómplices de la tala de árboles, estos amigos amantes de la naturaleza recurrieron a pequeños abetos en tiesto que después replantaban en las altas montañas de la provincia de Cuneo, hasta que, ya hartos, optaron por el limonero de su casa como soporte de los alegres adornos. Y así durante unos años, hasta que el hermoso limonero, no recuerdo si por una helada tardía o porque a un vecino se le olvidó regarlo cuando ellos estaban de vacaciones, se secó. Muerto y sin esperanza de resurrección. Supongo que en ese momento, frente a las ramas sin vida del antes verde limonero, cuyas hojas colgaban ahora descoloridas, arrugadas e infelices, Dario y Luciana las compararían involuntariamente con otras ramas desnudas, las de los tilos, los sauces y las glicinias del jardín, donde, sin embargo, brotaría una vida en primavera. ¡Porque hay desnudos y desnudos! Por tanto, decidieron abandonar los arbolitos plantados en tiesto y se contentaron con una sola parte: las ramas ya cortadas en las podas. Vive en su jardín un sauce retorcido, o tortuoso, como quiera decirse. Nada más fascinante que sus volutas caprichosas y las sombras imprevisibles que proyectan en las paredes y que a veces recuerdan las asombrosas esculturas de Larry Kagan, el virtuoso del *shadow art*. Mis amigos han descubierto que en las ramas desnudas, descargadas del ramaje superfluo, los ornamentos de paja, de cristal y de colores resaltan con más viveza y que el árbol, mejor dicho, su trocito en absoluto monótono, incluso bastante nervioso debido a sus contorsiones, despierta una mayor curiosidad. Habría sido una pobre rama muerta para quemar en cualquier hoguera, ¿no es bonito haberle dado, al menos en la época de las fiestas, esa segunda vida?

EL JARDÍN NACE DE UN SUEÑO

Enero de 2013

En invierno, antes de vivir en el campo, aguijoneada por la nostalgia de la exuberancia de la naturaleza, me imaginaba cómo me gustaría que fuera algún día un jardín mío. Será la luz nítida de la estación, serán los árboles desnudos que trazan con sus ramas signos oscuros contra el cielo blanquecino como un papel de acuarela que nos invita a coger lápiz y carboncillo, será algo en esa mezcla tonificante de aire cortante y días crecientes. Quién sabe, el trabajo de las energías que fermentan es variado y casi invisible. De urbanita, en el piso de los alféizares abarrotados de plantas, auténticas microjunglas de la ciudad, el deseo de entrar en acción se circunscribía a los cuidados de la rosita apoyada en el marco de la ventana, al jazmín que acabaría colgando como una alfombra florida, al amor de hombre con sus hojas peludas y sus flores púrpura aún en letargo, al kumquat audazmente verde, a los pelargonios arrebujados en el tejido no-tejido, al pequeño laurel lustroso y oscuro, a la salvia y al romero. Trajinando entre ellos, soñaba yo con espacios más amplios y me preparaba para el día en que nada en el paisaje circundante interrumpiera la visión de una vegetación no circunscrita. Proyectaba en un cuaderno cómo transformar los campos en los que ya había puesto los ojos. Leía los catálogos de los viveros, los diarios de los jardineros más o menos famosos, y no veía el momento de pasar del dicho al hecho. Eran horas felices, la imaginación se bastaba a sí misma, confiando en que todo aquello se hiciera realidad algún día. Así fue, en efecto, y ahora que puedo decir que no se vio contrariada mi fe en algo durante tanto tiempo inmaterial, pienso con gratitud en esa facultad que todos llevamos dentro y que nos permite soñar, penetrar en los detalles de una visión y participar de algún modo en esta gran obra que es la creación permanente. La maravilla de ser jardinero consiste en sentirse incluido en esa energía poiética que alcanza su máxima expresión en las grandes obras de arte, pero que es también substrato integrante de las actividades más humildes cuando se desempeñan con dedicación y respeto. El jardín es generoso porque nos proporciona la emoción de crear algo bello aunque no sepamos pintar, tocar un instrumento y ni siquiera hacer piruetas en el aire. Bastan las manos, la buena voluntad y esa humildad que nos permite ponernos con alegría al servicio de algo más grande que nosotros mismos.

HISTORIA DE UNA VIÑA Y DE UN PERRO GOLOSO

Febrero de 2013

Cultivar las vides siempre me ha inspirado una especie de solemne tranquilidad. Tal vez porque, antes que con las manos, lo hice durante años con el sentimiento, contemplando esos frisos románicos que tanto abundan en la tierra que me vio nacer. El arquitrabe de las iglesias muestra algunas veces el motivo evangélico de los viticultores y juega con volutas cuyos sarmientos sostienen unos racimos de granos desproporcionados. Es un tema presente tanto en el Nuevo como en el Antiguo Testamento, que se pierde en la noche de nuestra historia. Mis dos hileras de uvas de mesa, plantadas a la distancia de un campo la una de la otra, no corren el peligro de confundirse con la masa e incluso conservan cierta limpieza de diseño y un aspecto de cenefa… el equivalente paisajístico del friso. Este año he tenido que redimensionarlas de un modo bastante cruento. Se trataba de rebajarlas a la altura canónica. Después de varias cosechas en las que mi perro Nino, oportuno perito de la maduración de los racimos, se me anticipara y me dejara a dos velas, permití que las viñas crecieran en altura para que me tocara algo. A él le dejé los racimos bajos, que atacaba tragándose todos los granos juntos, con el oscuro hocico brillante de los churretes del jugo. Macchia lo aprendió de él, no sé si por espíritu de manada o por imitación, porque, ahora que Nino ya no está, ella no muestra interés ni por las uvas ni por las frambuesas y se dedica a los frutos que dejaban indiferente a su predecesor, como los membrillos que atrapa de un salto para que yo se los tire lejos. Desde luego, no me alegro de haber perdido el motivo para proteger la cosecha. Pasar junto a la hilera y sentir nostalgia de aquel bribón es todo uno. Mientras corto la vid con la sierra —a estas alturas, imposible con las tijeras—, me arrepiento de la estratagema inventada contra la voracidad de aquel perro excelente e inteligentísimo. No es fácil arreglar una planta que ha perdido su medida justa. Acabado el trabajo, caigo en la cuenta de que los cordones van unos para acá y otros para allá. Por fuerza, mientras hacía las ataduras con ramas de sauce tenía delante de los ojos la imagen de Nino dedicado a chupar los racimos, a presionarme la cadera con su cabeza caliente y pesada, a levantarme el codo con el hocico cuando estoy comiendo y a llamar mi atención con su enorme pata palmeada de labrador. Hasta que se me viene a la mente el friso de una iglesia en el que aparecen entre las vides los dientes afilados de un perro.

¡SOCORRO, ESTO ES UN ARBORICIDIO!

Marzo de 2013

Hay algunas desgracias recurrentes ante las que no podemos echar callo. La expresión no es bonita, pero refleja la idea de la coraza de piel endurecida, de la insensibilidad acumulada, de la pérdida de esas reservas de empatía de las que, según parece confirmado, nacen bien provistos la mayoría de los bebés. Quien ama la naturaleza y sabe que está viva no es capaz de asistir con indiferencia a las mutilaciones que, con demasiada frecuencia y con el pretexto de la necesaria poda, padecen los árboles. Cuántas veces, en una calle arbolada, nos topamos con esas plataformas elevadas en las que unos operarios con casco y motosierra amputan ruidosamente copas y ramas gruesas para reducir a su víctima a un mero tronco soporte de muñones. Y esto puede ocurrir en la estación en que los árboles vuelven a vegetar y los pájaros empiezan a tejer sus nidos, o la copa está aún más desarrollada y los huevos están puestos, las crías los han roto y siguen allí con el pico abierto, esperando sus gusanos y otras exquisiteces. La motosierra arrasa con todo, semejante a la excavadora que apisona sin miramientos un barrio de chabolas, y entonces tenemos dos delitos en uno: la matanza de los pajarillos, ya diezmados en otra estación por los cazadores, y el gravísimo daño para la salud del árbol. No sé por qué ocurre, ni si es culpa de la aséptica expresión «verde urbano», que apunta más al lucimiento del urbanista o del arquitecto que a la flora de ciudades y países que forman el hábitat concreto de miles de criaturas. El hecho es que esta expresión, en cuanto a silenciar la imaginación y, por tanto, la conciencia, parece dotada de la misma eficacia homicida que otras expresiones perversas como «solución final», «daño colateral», etc. Fórmulas todas ellas que ocultan un sufrimiento demasiado real. ¿Qué hacer? Cuando el estupro pasó de delito contra la moral pública a delito contra la persona hicimos algún progreso. ¿Estarán maduros los tiempos para introducir el concepto de «arboricidio» como delito (¿contra la colectividad?, ¿contra el patrimonio cultural?, ¿contra la salud pública?) perseguible legalmente? Desde luego, se cometería con menos alegría, y quien quiere defender a estos seres sentientes —que yo consideraría a la altura de las personas— tendría algo a lo que agarrarse.

LAS FRAGRANTES ESTRELLAS DEL JAZMÍN

Abril de 2013

En algunos aglomerados urbanos —cuesta llamarlos ciudades—, especialmente en las periferias construidas sin orden ni concierto, existen zonas en las que toda forma de vida parece desterrada. El dominio incontrastado del asfalto y el cemento, del vidrio y las planchas metálicas, produce una sensación de acoso o de estar ya presos en un mundo sin salida, donde no queda sitio para nada espontáneo. La lluvia corre por arroyos turbios, la luz del sol pica con hostilidad. En esos sitios, hasta una rama que despunte por detrás de un muro cubierto de alambre espinoso llama la atención, como una palabra amiga en una página vacía. En Ámsterdam, de donde sería deportada poco después, una cálida tarde de sol, Etty Hillesum contemplaba desde la ventana de su casa en el número 6 de la Gabriël Metsustraat un jazmín comprimido entre las paredes de los vecinos y el tejado plano, oscuro y embarrado de un garaje. El viento suave le acariciaba las ramas de un verde tierno cargadas de fragantes estrellitas blancas. Etty estuvo unos diez minutos disfrutando de la vista antes de salir con la bicicleta para reunirse con un amigo íntimo. Escribe sobre el jazmín: «En medio de aquel gris y apagado color de cieno, se lo veía tan radiante, tan incontaminado, tan delicado y exuberante como una novia temeraria que se hubiera perdido en los bajos fondos. Algo incomprensible por completo, aunque, por otra parte, no hay nada que comprender. En este siglo XX, podemos creer en los milagros sin ningún problema. Y esto es un milagro. Y yo creo en Dios, aunque dentro de poco, en Polonia, me comerán los piojos. Ese jazmín me deja sin palabras. Hace tiempo que lo veo ahí y sin embargo hasta ahora no me había enmudecido». Imagino que, con el presentimiento de lo que iba a suceder y con la ciudad ocupada por las fuerzas enemigas, Etty asoció el jazmín a una intuición: que allí donde fuera, incluso en el lugar más desolado, extrayéndolas de la profunda fuente que existe en todos nosotros, es posible encontrar las fuerzas para volver a conectarse con la alegría y con el gusto por todo lo que de vivo y hermoso hay en el mundo. Esta sensación de sentirnos menos perdidos entre criaturas que están tan vivas como nosotros, esta atracción por los animales y las plantas se llama «biofilia». Curioso que exista un término técnico para expresar un sentimiento tan común. ¿O no lo es? Cierto, algunas veces no se tiene en cuenta, sobre todo cuando el único interés es el beneficio.

LA TIERRA ES BUENA, SI SE LO PERMITIMOS

Mayo de 2013

La buena tierra es una famosa novela de Pearl S. Buck. De niña, veía el título en una estantería de casa de mi tía, dos libros pequeños junto a otro más alto, verde claro con rayas blancas, *Matar a un ruiseñor*. Contemplaba los lomos atemorizada, como si se tratara de unos objetos totémicos de valor opuesto. Magia blanca y magia negra. *Matar a un ruiseñor* me daba miedo; peor, me aterrorizaba. *La buena tierra* lo compensaba como un antídoto. Rememoro aquellos momentos de desconcierto infantil con el excelente documental que Saverio Senni ha dedicado a las experiencias de la agricultura social en Italia, es decir, *La buena tierra*. Trata de las cooperativas, pero también de algunos emprendedores que han sabido unir las estrategias del beneficio con la ética. El hecho de descubrir cuántas personas, de otro modo excluidas, hallan en los campos un lugar bajo el sol para ellas da que pensar. Está Luigi, que «después de tantas tribulaciones» ha encontrado un empleo social; Marco, que en la cárcel echaba de menos los olores y los perfumes de la tierra;

Maresa, tranquila porque no tiene que explicar quién es ni de dónde viene. En Capodarco, Marina Iacchelli tranquiliza a un niño discapacitado, calma, lo peor que te puede pasar es que te caigas al suelo, y añade: «Pero lo bueno de la tierra es que acoge y no juzga, es como una gran madre que no hace preguntas». ¡Ay, Dios! Hasta cierto punto, cuando se mezclan tantas cosas el huerto no da mucho para comer, a no ser que se trate de una cooperativa flexible y de amplias miras, capaz de mitigar los errores individuales y de tener paciencia hasta que todos lo entiendan bien. En Mugello da gloria que a los animales se les conceda una vida digna de tal nombre, y qué le vamos a hacer si de vez en cuando tienen que morirse, pero mientras tanto las vacas *chianinas* paren en libertad y no encadenadas en el establo, pacen al aire libre hasta noviembre y vuelven a aquellos pastos magníficos en cuanto llega el buen tiempo. Sí, la tierra puede ser muy buena, basta con que los seres humanos se lo permitan. Y así he leído por fin aquel libro cuyo lomo era lo único que veía de pequeña. Y me he sumergido en sus páginas como hacemos de niños, gracias al encanto de esta historia ambientada en la Antigua China, donde un viejo nacido esclavo, que luego llega a ser muy rico, se da cuenta de que sus hijos, crecidos en el bienestar y emancipados de la necesidad de trabajar, se atormentan con inquietudes y melancolías para él desconocidas.

LAS FLORES NOCTURNAS DE SAN JUAN

Junio de 2013

Hace años, explorando las colinas que rodean la casa, una amiga me señaló una rosita espontánea, de brillantes hojas siempreverdes, a la que llaman de San Juan. Y me contó que, según la costumbre, se ponen los pétalos en agua y se dejan fuera toda la noche para al día siguiente rociarse la cara. En el noticiario, con motivo de los veinticinco años de la ADIPA (Asociación para la Difusión de las Plantas), Bruna Naccarati vuelve sobre esta tradición. La tarde de San Juan sale al jardín un poco antes del anochecer, cuando la luz se atenúa y las sombras se alargan en el prado. Echa en un cuenco las flores más perfumadas: rosas, margaritas, geranios, petunias, jazmines, lavanda, romero y también salvia, melisa, tomillo, abrótano, menta y albahaca; las cubre con agua y las deja fuera para que las bendiga ese cielo tan especial, cuando el sol invierte su ruta de un modo evidente, concluyendo así la época en que los días se alargan y dando comienzo a aquella en que se acortan. Desde tiempos muy antiguos este cambio de curso ha inspirado la creencia en unas cualidades potencialmente extraordinarias, algo así como una suspensión de las leyes normales de la naturaleza. Pensemos en los portentos de *El sueño de una noche de verano*, donde, en un bosque engalanado de rocío, Oberon encarga a Puck que exprima sobre los párpados cerrados de los jóvenes amantes las esencias de unas hierbas que cambian la mirada y el corazón. Shakespeare evoca aquí unas creencias antiquísimas. Nuestros antepasados imaginaban que en esa fecha se desposaban el sol y la luna, es decir, el fuego viril y el agua femenina, ya que de su armonía dependía el éxito de las cosechas y de las faenas agrícolas —la noche de San Juan sella el destino del mosto, de los matrimonios, del trigo…, según dice un refrán—. Para propiciar las uniones, los campesinos encendían hogueras purificadoras, o bien quemaban muñecotes o ruedas de leña que echaban a rodar desde lo alto de una loma. A las hierbas recogidas y mojadas con los humores de aquel momento de gracia se les atribuía el poder de ahuyentar los males, la enfermedad y los signos de la vejez. Rodando desnudos por la hierba empapada de rocío se propiciaban el amor y la fecundidad. En algunas escenas impresionantes del *Andréi Rubliov*, de Tarkovski, a la orilla de un caudaloso río, se narran las bendiciones paganas que más tarde se asociarán con Juan cuando bautice en el río Jordán. Es una recurrencia cargada de memoria, no cabe duda. Y es bonito conservarla recogiendo hojas y flores.

EL BAILE DE LAS SEMILLAS EN LA TIERRA FÉRTIL

Julio de 2013

Calor africano, oigo gruñir por la calle, y sonrío pensando para mis adentros en lo que cuenta Wangari Maathai, Premio Nobel de la Paz, a propósito de un verano en Mount St. Scholastica (Kansas). Se estaba abanicando, agobiada por el calor, cuando un alumno estadounidense la miró estupefacto, convencido de que aquél era el tiempo ideal para una keniana. Nada más lejos de la realidad, porque en las zonas altas el clima era salubre y fresco durante todo el año, al menos en esa época; ahora allí hace un poco más de calor.

Aunque no idealiza un mundo en el que había que trabajar por la mera subsistencia, Wangari recuerda el encanto de una infancia en contacto con la naturaleza, a la sombra de una madre tranquila y sabia que le hizo el mejor regalo: un trocito de tierra, de unos cuatro metros cuadrados, lo mismo que soñaba yo de pequeña. Le explicó cómo se hace. La tierra de las zonas altas era verdaderamente especial, pues, gracias a las lluvias frecuentes, se mantenía porosa y fragante incluso cuando cogías un puñado. Al apretarlo en la mano tenías la sensación de notar su vida. Era tan fértil que a Wangari le parecía distinguir cómo germinaban las semillas. Entonces las sacaba para saber en qué momento estaban. «No las cojas», le decía su madre, «tienes que mantenerlas cubiertas, deja que ellas lo hagan solas. Si no las molestas, asomarán por la tierra». ¡Cuánto le asombraba que aquello sucediera! En su inmediatez de niña, todavía no se preguntaba lo que era justo. Si cogía las flores blancas de piretro para el dueño inglés de los campos arrebatados a los kikuyu, se extasiaba mirando las ondas que dibujaba el viento; si le encargaban que sacara a los animales, irradiaba alegría, por lo mucho que le gustaban. Ir a Nakuru también la entusiasmaba. Claro que en aquellos tiempos la ciudad, rodeada de selva, estaba limpísima. Pero lo que más le atraía era trabajar en los campos entre el atardecer y el crepúsculo, cuando el aire y la tierra se refrescan y la luz es dorada. Arrancar los hierbajos y apretar luego el terreno alrededor de las plantas te pone tan contenta que deseas que la claridad dure lo más posible para no tener que dejarlo. A esa hora, la tierra y el agua, el aire y el fuego poniente del sol, que formaban los elementos esenciales de la vida, le descubrían su parentesco con el suelo.

OLOR A LLUVIA, OLOR A FERRAGOSTO

Agosto de 2013

¿Qué regalo nos traerá el aguacero de *Ferragosto*? Un alivio material de la aridez y del esfuerzo de regar, pero sobre todo algo impalpable, algo que se aspira y satisface el más sutil de nuestros sentidos: el olfato. Porque la tierra, casi momificada después de tanto letargo y tanto sufrimiento, revive con la lluvia y libera perfumes aprisionados. Esta resurrección olfativa cosquillea las fosas nasales. En la selva brasileña, el gran antropólogo Claude Lévi-Strauss se extasiaba inhalando el aroma similar al chocolate de la descomposición de las hojas, y reflexionaba sobre el hecho de que en el suelo de los trópicos crezca cacao, mientras que las colinas guijarrosas de la Alta Provenza, repletas de piedras, producen tanto la fragancia floral de la lavanda como el aroma intenso de la trufa. Un cierto grado de humedad, como una linfa vital, es imprescindible para la transmisión de los olores, que, con el agua caída del cielo, brotan como flores invisibles. Apenas se depositan las primeras gotas en los muros ardientes, éstos emanan un efluvio muy especial que recibe el nombre de petricor. El término, acuñado en los años sesenta por dos investigadores australianos, combina *petra* con el griego *icor*, fluido, y designa el aroma de las exhalaciones oleosas que producen ciertas plantas en las épocas de sequía, absorbidas más tarde por las piedras y la arcilla del suelo y al fin combinadas, a la caída de las primeras lluvias, con una sustancia que generan las bacterias en el terreno impregnado de humedad. Después, la palabra «petricor» se ha utilizado en un sentido más genérico, porque el nombre no existía en nuestras lenguas, aunque sí en otras culturas, por ejemplo, en la lengua de algunos aborígenes australianos para indicar el olor que sigue a la lluvia. Surge de unos encuentros concretos y varía de un lugar a otro, incluso de una cosa a otra, puesto que tiene un *bouquet* compuesto de todo lo que una nariz entrenada consigue distinguir: pétalos caídos, musgo, pero también sabores menos agradables, como barnices, resinas, gomas o una sustancia cualquiera que, una vez depositada en la tierra o en el asfalto, haya penetrado disuelta en un líquido, para luego quedar atrapada en la porosidad de la materia, oculta al sol en las vísceras de la tierra, y al fin salir en cuanto el agua, que es vida, la invite de nuevo a expandirse como si fuera una bocanada de aire a pleno pulmón. Percibir el regreso de las fragancias deshidratadas por el verano es un poco como sentirse renacer.

SIN EL SER HUMANO, LA NATURALEZA RENACE

Septiembre de 2013

Hoy me he sentido culpable. La señora que viene a limpiar me ayuda a poner orden en los libros y entonces se cae de la estantería un papel enrollado; lo despliego imaginando un dibujo, pero encuentro la primera página de un antiguo periódico local que he conservado por su titular en mayúsculas: MUERTO POR EL ÁRBOL QUE ESTABA PODANDO. Se lo enseño a Elena pensando que le hará tanta gracia como a mí el curioso giro de la frase, que no excluye la intención vengativa del árbol. La he desconcertado. Hace cuatro meses, me cuenta, un chico rumano murió en el trabajo, a causa de un árbol que se le cayó encima cuando lo desmochaba. Me ruborizo por la frivolidad de mi sentimiento unilateral, propio de una guerrillera de las formas de vida agredidas por nuestra especie. Me temo que anida en mí una infiltrada de la naturaleza. Claro, también se debe compadecer a los seres humanos, me digo. Enseguida oigo una vocecilla rebelde: ¿y qué necesidad hay, cuando ellos no se preocupan más que de sí mismos y nunca piensan ni en las plantas ni en los animales indefensos? Gracias a la ausencia prolongada de seres humanos, por ejemplo, la zona limítrofe entre Corea del Norte y Corea del Sur —la DMZ o Demilitarized Zone— es un oasis incontaminado que ornitólogos, zoólogos y botánicos de todo el mundo esperan ver tutelada por la Unesco (www.dmzforum.org); por eso se echan a temblar cada vez que, como sucedió hace poco, soplan vientos de guerra. Allí, con el regreso de la vegetación, sin ser molestadas, se han multiplicado innumerables especies, entre ellas un centenar casi extinguidas en otras partes: tigre y oso pardo de Siberia, cabra montesa goral, grulla cuelliblanca, grulla de coronilla roja y martín pescador de collar violeta. Con menos exotismo, en la orilla del Lambro, donde ya no desaguan las siderúrgicas, las imprentas y otras industrias, se encuentran patos, torcaces y una garza que pesca tan tranquila en la piedra situada en el centro del cauce. Esto me lo cuenta Teodoro Margherita, que, como presidente *seed saver* de Civiltà Contadina, disfruta de las muchas variedades de tomate —redondos y carnosos, largos y apuntados, cherry, de pera—, que, a finales del verano, maduran por docenas en el lecho del río y cuyo rojo se mezcla con el verde de los pequeños chopos, de los sauces, de la menta acuática, de la pimienta acuática y con el amarillo del tupinambo y la onagra. El río ha renacido. Tal vez algún día comprendamos la locura de actuar según el principio «muerte tuya, vida mía».

FINAL DEL VERANO,
¿PARA QUÉ TANTA BELLEZA?

Octubre de 2013

Ya estamos en los últimos retazos de verano, que se esparcen como un recuerdo arrollado por el acoso inexorable del otoño. Sopla una brisa fresca que para algunas plantas funciona como la cámara refrigerada de la floristería. Con un singular contraste de colores brillantes de pintura al óleo y pasteles mates sobre papel, el huerto está salpicado de dalias florecidas y de zinnias cuyo impulso había frenado el húmedo pero abrasador letargo estival. Sentada en el banco, recupero las lecturas al aire libre, ya sin necesidad de refugiarme en la penumbra de la pérgola. El viejo Dostoyevski tiene un curioso sabor cuando lo reencontramos como a un amigo de la juventud. Sentimos pena por esos personajes atormentados y atormentadores, aprisionados en meandros urbanos y psíquicos, casi sin una rendija abierta al mundo inocente aunque a veces despiadado de la naturaleza. Como Ippolit, el tísico de dieciocho años que, en las últimas, abandona la capital por Pávlovsk, una encantadora ciudad de vacaciones. El príncipe Myshkin, es decir, *El idiota*, lo ha enviado convencido de que tanto la muerte como la supervivencia le resultarán menos penosas allí. Ippolit, aferrado a su desesperación, no ve la diferencia entre irse delante de los ladrillos rojos del muro que se alza frente a la ventana de su alcoba o en un bosquecillo, respirando el perfume de los tilos. El príncipe reconoce que, al fin y al cabo, la diferencia no es tanta, pero confía en que la vegetación y el aire balsámico alivien en él la agitación y los malos sueños. El otro no cede: ¿qué hago yo con vuestra naturaleza, con vuestro parque, con vuestras albas y vuestros ocasos, con vuestro cielo azul y vuestras caras sonrientes, si en esa fiesta se prescindirá de mí? ¿De qué me sirve tanta belleza cuando sé que hasta este mosquito zumbón, inmerso en un rayo de luz, conoce su puesto en el coro y disfruta de la fiesta, mientras sólo yo quedo excluido, y eso por poquedad de ánimo? Estas palabras expresan el dolor de no haber tenido tiempo para comprender. Quién sabe si, lejos de la aridez de los muros y de las relaciones de una fabricación únicamente humana, el enfermo habría recuperado las ganas de vivir. Quizá con la misma ternura con que las dalias y las zinnias del huerto agradecen esta última posibilidad que se les ofrece de florecer espléndidas tras un verano de penurias.

RESTITUIR CON AMABILIDAD

Noviembre de 2013

Aprovecho un día despejado y luminoso para enterrar los últimos bulbos de narciso. Amarillo azafrán —*croceus*— en el centro y pétalos blancos todo alrededor, así cuenta Ovidio la transformación en flor del jovencito consumido por el deseo de abrazarse a sí mismo, muerto de inedia y hechizado por un reflejo engañoso. No hubo ataúd para Narciso, ni tampoco una lápida que indicara el lugar de su sepultura, nada, ningún residuo, pero sí una segunda vida que limita con la inmortalidad. Inspirémonos en esta leyenda durante el mes de los muertos. En vez de fríos nichos verticales, lápidas de mármol y jarrones de bronce para flores cortadas, ¿por qué no liberar a los difuntos de semejantes prisiones? En una novela que leí hace años, Jean-Baptiste de La Quintinie, jardinero mayor del *potager du roi* de Versalles, ya viejo y reacio a separarse de la tierra a la que había dedicado una vida entera, cava una fosa en la que tumbarse todavía vivo, a modo de regalo extremo. Una idea extravagante y demasiado literaria, pues, cuando se trata de dormir, una sola noche o para toda la eternidad, nada es más cómodo que una cama. Ahora bien, una vez abandonado el mundo, en vez de obstinarnos en llamar nuestra a la materia de la que estábamos compuestos y aislar el cuerpo del que éramos titulares en una cripta con el nombre y el apellido grabados en letras bien claras, sería bonito restituir con amabilidad lo que sólo era un préstamo. Desde una perspectiva ecológica, los residuos no existen como tales, afirmaba el arquitecto austriaco Friedensreich Hundertwasser, siempre que no impidamos a las raíces y los microorganismos su obra de regeneración. Si sarcófago significa «comedor de carne» en griego, mejor sería confiar la tarea a una encina. Siguiendo estas ideas, en algunos países se abre paso la práctica de la sepultura verde en lugares vivos, donde el cadáver se transforma en un nutriente humus para bosques y prados floridos. Alegra pensar que este cuerpo mortal está compuesto de materia inmortal, porque nada muere, todo se transforma. Depende de nosotros encauzar esa energía hacia algo que hemos amado cuando estábamos vivos —la naturaleza, los bosques, los prados—, para regalar a quien un día desee venir a recordarnos la posibilidad de hacernos una visita en un lugar capaz de brindar serenidad y no esa angustia sutil que nos perturba cuando pensamos en los miembros de un ser querido aprisionados para siempre en un lugar oscuro, donde nunca más volverán a ver la luz.

A LA SOMBRA DEL GRAN SAUCE

Diciembre de 2013

Un amigo que tiene un vivero me cuenta que por fin ha hecho realidad un sueño. En un lugar muy hermoso de la campiña de Pistoia, utilizando plantas que no se venden, bien porque han pasado demasiado tiempo en la maceta, bien porque han adquirido una forma rara, o bien porque ya no están de moda, ha concebido un jardín cuidado por personas problemáticas, con un pasado difícil pero en fase de recuperación, que se reinsertan en la sociedad aprendiendo el oficio. Mientras lo escuchaba, se me encendió una bombilla: eso explicaba la historia del sauce que crece a orillas de mi estanque. Ahora le he cogido cariño, pero cuando llegó lo recibí arrugando el ceño. Demasiado grueso, en un tiesto enorme y, como si no bastara, sauce llorón. Creo que llevaba mucho tiempo aprisionado porque las raíces se daban la vuelta en espiral y tejían una gruesa alfombra amarillenta en absoluto atractiva. No tenía la menor intención de acoger semejante monstruosidad en mi jardín. Maldije el momento en que, confiada, hice el encargo por teléfono en lugar de elegir *in situ*, como siempre, un ejemplar pequeño, que, por eso mismo se adaptara sin problemas, olvidara rápido la aberración de la vida en maceta y creciera pletórico de salud. Decidí devolver la horrenda criatura, pero fui incapaz. Me daba pena. Devolvérsela al remitente habría sido lo mismo que condenarla a muerte. No era culpable de que la hubieran olvidado en un rincón, de que no hubieran llegado clientes cuando tenía la mejor edad para afincarse, o quizá debería decir «ajardinarse». Demasiado cruel negarle la última oportunidad. Cavé el enorme hoyo y el sauce quedó plantado. El estanque no existía aún, vino después, a pesar de que todo el mundo imagina lo contrario. Una vez limpio en la medida de lo posible del fieltro, el árbol se mantuvo recto un año entero antes de volver a crecer. ¡Qué alegría cuando se encontró junto al estanque! Su ocasión para absorber agua alargando las blancas raíces. Ahora comprendo el sentido de que me enviaran a ese paria desdeñado por todos. No fue engaño, sino confianza.

Mi amigo no ignoraba cuánto me disgusta que las plantas se tiren a la basura, que se las considere objetos inanimados de los que deshacerse a la ligera. Todo esto se me viene a la mente mientras disfruto de la belleza de las rosas de Navidad ya florecidas y luminosas en la celosía de sombras que dibujan las ramas cimbreñas del enorme sauce.

FRENESÍ DE CAMBIOS Y GANAS DE ESTAR FUERA

Enero de 2014

Cuando empieza el año casi nunca me libro de un frenesí bastante irracional de inventarme algo nuevo. Una pérgola, un banquito donde apetezca detenerse, un parterre de tierra fina para las zanahorias. Ninguna de estas cosas es estrictamente necesaria e incluso muchas ideas podrían resultar dañinas, porque sobrecargan el espacio y lo privan de esa simplicidad que es la respiración misma del jardín. Por suerte, esos proyectos inquietos casi nunca dan fruto, pues, en cuanto se alargan los días, el cúmulo de trabajos es tal —podar vides, olivos y rosas, quitarle las partes secas al seto, serrar las ramas quebradas por el viento— que para buscarse problemas faltan tiempo y energías. ¿De dónde procede ese deseo de meter las manos en la masa? ¿Qué es lo que nos empuja a concebir jardines? Algunos lo explican como la necesidad de crearse una ilusión; otros, como el deseo de cambiar la realidad para hacerla más atractiva. El poeta T. S. Eliot percibe la aspiración a encontrar un refugio, un punto fijo en la inestabilidad del mundo. Explicaciones demasiado abstractas.

Una antropóloga, Martine Bergues, fue a preguntárselo a los jardineros. Para su libro, *En son jardin*, eligió como campo de investigación los pueblecitos del Lot, uno de los valles más bonitos de Francia. Hablando de flores y de arbustos preferidos, historias de vida y recuerdos de infancia, descubrió el motivo de tanta laboriosidad. Muy sencillo: es el deseo de estar fuera. No para holgazanear, porque tienen una coartada a prueba de bomba: el huerto y el jardín. En casa, imprescindible protección, falta esa deliciosa y despreocupada libertad física del aire libre. Con cuánta vivacidad los jardineros del Lot —mujeres, sobre todo— hablan de la profunda necesidad de eludir la clausura de las paredes domésticas, del placer de recibir en el jardín. Porque allí uno se siente libre y experimenta esa alegría fisiológica que se le niega en casa o en la oficina. La misma que me comenta una amiga a propósito de la elección de dedicarse a la agricultura. Vale la pena, me escribe, sobre todo cuando ve la sonrisa de su padre, un viejo campesino, y la compara con los ojos tristes de los empleados esclavos de un ordenador o de un escritorio, porque el contacto con la tierra y el trabajo en los campos consigue darnos lo que otros maravillosos, fantásticos y bien remunerados trabajos no darán en toda una vida.

VIAJE DEL CORAZÓN AL JARDÍN DE LOS RECUERDOS

Febrero de 2014

Siempre que reflexionaba sobre la alegría que proporciona un jardín pensaba en jardines concretos, materiales, donde uno se ensucia las manos, donde se pasea; jardines de hacer y deshacer. Hasta que una amiga me pasó el libro de Marinella Raimondi, inmovilizada por una enfermedad muy grave. Comencé a leerlo con la aprensión que me aflige, muy a mi pesar, porque yo me inclino por las cosas leves y alegres, cada vez que debo abordar temas que amenazan la despreocupación. *Cosa importa se non posso correre* [Que más da que no pueda correr] es su título. Me acomodo en el sillón de mimbre, apoyo los pies en la mesita y me sumerjo en la lectura. Para mi sorpresa, entro en una dimensión de serenidad dentro de la tormenta. Milagro, nada supone en realidad el fin del mundo cuando el ánimo es fuerte, los afectos sólidos y los recursos interiores abundantes. Y cuando la memoria y la escritura juntas saben evocar un mundo, el de la industriosa Milán posterior a la Primera Guerra Mundial, lleno de nostalgia. De las casas de la infancia, la más querida era la de los tíos, donde había un jardín pequeño pero exuberante. Desde la cocina se bajaba a una pérgola de vides del Canadá, debajo de la cual se podía comer en una bonita mesa de piedra. Luego se entraba en el jardín propiamente dicho, dividido en parterres, con todo tipo de plantas y algunos árboles nunca demasiado altos, quizá por insuficiencia de tierra.

El recuerdo de las maravillosas horas transcurridas en aquel jardín pequeño y superpoblado nunca desapareció. El encanto de la niña que juega sola a ser una princesa que habla con las plantas sobre sus damas no se ha desvanecido, reverbera en el presente. Resurge, como un río cársico, en la terraza con vistas a otro jardín, el de la de edad adulta. Un seto alto, dos abedules, un pino y algunos arbustos floridos, donde han crecido las hijas y los nietos y donde cantan los ruiseñores. Más allá del seto, han brotado unas robinias; por la ventana, suspendido entre las ramas espinosas del árbol, se ve un grueso copo de ramitas, hojitas y plumas al que entran dos picarazas, por una y por otra parte. Este espectáculo despierta otro recuerdo de infancia: la caja de los pajaritos, un hospital en miniatura donde ingresaban los menos afortunados con la primera experiencia de vuelo. Cierro el libro sopesando el descubrimiento. El sosiego de un simple jardín irradia a través del tiempo, sienta bien incluso a distancia y alimenta recuerdos capaces de sostenernos incluso en los momentos difíciles.

EN EL HUERTO DE EPICURO SE CULTIVA LA DELICIA

Marzo de 2014

Voy a visitar a unos amigos al pueblo de media montaña en el que me he construido un refugio, una base fundamental para los paseos por el hayedo. Sopla un aire primaveral, con ese verde tierno de los espacios que la nieve deja libres. En el huerto, la tierra suelta del otoño aflora en manchas oscuras. Dentro de unos días podrán sembrarse guisantes y tirabeques, habas y judías. Lo comentamos por la noche, en la sala grande con la chimenea encendida. Un rato charlamos bebiendo *bicerin*, el delicioso licor piamontés a la crema de *gianduia* (cacao y avellanas), y otro leemos perezosamente tumbados en los sillones. Mi lectura, elegida de la pila de los libros amontonados es el *Filosofía para la felicidad*, de Epicuro, donde descubro que su famoso jardín era un sencillo huerto en el que cultivaba zanahorias, hinojos y rabanitos. Supongo que también habría un emparrado de uvas, un rincón al amparo del resplandeciente sol de Grecia, una higuera, tomillo, romero y un poco de esa maravillosa salvia de altura con la que se prepara el *faskomilo*, aromática tisana nocturna.

Quién sabe. En todo caso, parece que no era un jardín de placeres sutiles y desenfrenados, de gustos sofisticados o vulgares. Jardín de las delicias, sí, pero las delicias no procedían de vaya usted a saber qué tipo de refinamientos o plantas raras. Por el contrario, la verdadera delicia que se cultivaba allí era el sosiego producto del silencio y del refugio de los afanes y la búsqueda de lo superfluo. Algunos son naturales, otros irrelevantes, observa Epicuro sobre los deseos. Todos son buenos cuando su naturaleza nos es congenial. No todos son perseguibles, en especial aquellos que no producen un auténtico sufrimiento aunque no los satisfagamos. Reflexiones, me gusta pensar, que nacieron trajinando en el huerto, con la cabeza despejada y las manos ocupadas. Porque, desde luego, Epicuro lo cuidaría personalmente, si era en el huerto donde, como escribe Armando Massarenti en la introducción, aprendía a extirpar las raíces del malestar y de la inquietud, de la ira y de los deseos ilusorios, de las ansiedades que germinaban para obstaculizar la serenidad del ánimo. Mira tú, justo lo que yo creía haber descubierto por mi cuenta trajinando entre mis plantas, lo que se me ocurría con tanto sabor a novedad. Será porque las llamadas verdades de la sabiduría afloran a la conciencia unidas por un aire de familia, tanto más vivas cuando el hecho de haberlas descubierto con la práctica de la experiencia les confiere una intuitiva certeza.

LA ALEGRÍA DE LOS TULIPANES, INCLUIDOS LOS MÁS COMUNES

Abril de 2014

Me cuesta creerlo, pero me he enamorado de los tulipanes. Justo las flores que siempre había considerado frígidas, artificiales, inodoras, rígidas, postizas, llamativas y vulgares. En suma, que, a pesar de que tengo varios, dentro de mi corazón les reservaba un aluvión de insultos. Los primeros, un regalo de mi tía. ¿Es posible no plantar las flores que te da una tía que luego va a venir a verlas? Llegaron después otras, un obsequio; una bonita caja cuadrada de cartón verde con agujeros, ¿había que tirarlas también? Al fin y al cabo, son criaturas vivas. Por algo decía Colette que, si cerraba los ojos, las sentía perforar la tierra en primavera. Para neutralizar la barbarie, me limité a elegir emplazamientos excéntricos: en los barrancos, en hoyos descuidados o esparcidos por los prados. Todos los años, el asombro de verlos. Los evalué mucho tiempo con desconfianza hasta que, superado el prejuicio, caí en la cuenta de la alegría que causan, de que son sencillamente hermosos, con esos colores densos, veteados con barbas, a rayitas, con franjas carmesíes o rosas estriados de crema; los tulipanes botánicos amarillos, otros anaranjados y veteados de color canario, otros aún cuyo único tallo contiene tres y hasta cinco flores. Poco a poco, me sorprendí admirando hasta los más sencillos, los más normales y corrientes, los rojos o amarillos por completo, en los que advertía una especie de belleza hipnótica. Me cogían por sorpresa, aflorando entre la hierba alta y centelleante de abril, que oculta los tallos y deja asomar las corolas entre espigas de acedera y de ranúnculos. Plantado a la buena de Dios, libre de mezclarse con las flores del campo, el tulipán se sacude el estigma de *souvenir* oficial de Holanda, la ordinariez que procede de ver la luz en instalaciones de viveros industriales, el nacimiento serial que lo rebaja a flor-objeto, a flor-masa. Imagen estereotipada a la que está asociado cuando el solitario se confina en un jarrón y el tallo se presenta desnudo, una especie de pedestal destinado a sostener el cáliz. Entonces recuerda a un objeto de escaparate mostrado en un pañito, ofrecido sin el menor pudor a la mirada. Nada parecido a cuando, libre y despreocupado, despunta escarlata por el verde mar de la hierba, indiferente a nosotros los humanos entre la aglomeración de criaturas semejantes a él, gozosamente perdido entre la multitud.

MARCAR EL LÍMITE CON LAS HUELLAS DE UNA PRESENCIA

Mayo de 2014

Noche de truenos y relámpagos; por la mañana temprano estruendo de lluvia sin fin. Un viento fuerte se lleva las nubes, ya ligeras. Asoma un azul tímido pero fresco, que el sol carga de energía y adensa con tonos de esmalte de Limoges. Es un día inquieto pero espléndido. Me dirijo a los límites de la finca, más allá del bosque. Al contrario que el resto del jardín, donde dejo hacer todo lo posible a la naturaleza, me gusta mantener bien ese último campo para predisponer al asombro de una misteriosa isla limpia entre la maraña selvática. Poner orden en esa zona alejada es un modo de marcar el límite, el equivalente a las barreras olfativas de los animales. Flota algo mágico en ese rincón que nadie frecuenta, adonde nadie se asoma, al que se accede desde fuera afrontando por tu cuenta y riesgo espinos y zarzaparrillas. Con la espalda apoyada en el tronco del chopo balsámico, me detengo a contemplar el cielo cambiante por las nubes del buen tiempo, de un blanco lanoso, con la redondez del algodón de azúcar, más allá del altísimo seto florecido de *Rosa eglantina*. «Eglantina», del francés antiguo *aiglent*, punzante, y a su vez del latín *aculentus*, espinoso; el *sweetbriar* de los ingleses. Un arbusto hirsuto pero endulzado por el olor a manzana de las hojitas. ¡Es tan bueno...! Este último campo dominado por la oscuridad de los pinos es pequeño, pero te acoge como si lo habitara un diminuto ser incorpóreo, una especie de *genius loci* que puede prescindir de un techo, aunque no cabe duda de que sufriría sin la compañía de criaturas vegetales o animales, de esos crujidos y alientos leves que dan la sensación de oír la respiración del silencio. Yo noto su presencia; llegar hasta aquí es casi como venir a hacerle una visita. La hierba cortada le dibuja un contorno al espacio, delinea la rosa gálica en flor, con sus pétalos de un carmesí intenso, y la rosa rugosa, con su gran flor blanca y sencilla. No me extrañaría oír, como en *La Bella y la Bestia*, una voz que pregunta: ¿quién olfatea mis rosas? ¿Quién coge mis frutos? El viandante que, bajando por el sendero frondoso, llegue al campo, no podrá dejar de preguntarse algo frente al seto de grosellas, a las frambuesas maduras bajo el castaño, a las abundantes señales de atención humana. Puede que para cercar un espacio no sea obligatorio emplear palos y redes, vallados o fosos. Creo que basta con la huella de una presencia.

LAS HIERBAS DE LIA, VIRTUOSA DE LAS ENSALADAS

Junio de 2014

Un sobresalto ante la vibración del móvil en el bolsillo. Leo: «La amapola dispara su roja arrogancia / contra el verde tierno de la hierba». Es Lia. Sé bien lo que está haciendo a primera hora de la mañana: andará por esos campos, rebuscando en lugares que sólo ella conoce, recogiendo hojas de pimpinela, diente de león y ruiponce y flores de violeta y de margarita. Hace años fui a visitarla, intrigada por una carta muy inteligente que me había escrito, con una foto adjunta. Un hermoso rostro expresivo, redondo, que parecía más bronceado por el intenso blanco de los cabellos. Lia vive en un pueblecito del interior de la provincia de Pisa. No recuerdo bien cómo fue, pero ella, que nació en Genzano y vivió muchos años en Inglaterra, se acordó en algún momento de su bisabuela Filomena, que recogía y vendía achicoria y se arrancaba los dientes con la raíz de la celidonia; la abuela agricultora, virtuosa de las ensaladas, con las que mezclaba lo que cultivaba en el huerto más las hierbas recogidas en los campos. Así se quitaban el hambre las campesinas de la posguerra, como cuenta Alberto Moravia en la *Ciociara*. Lia ha refinado aquellas lecciones y, lejos de mezclar al buen tuntún, separa con arte los diferentes gustos de la paleta. «Muchos recogen hierbas», me dijo cuando estábamos sentadas junto a la fragancia de una rosa, en lo que ella llamaba su «huerto desgreñado», «pero son pocos los que saben armonizarlas en un *bouquet*». Como en la música y la poesía, es cuestión de armonía, de proporción, de ritmo y de cadencia. En la mezcolanza que preparó para mí —que luego volví a ver en Vigna Ilaria, uno de los mejores restaurantes de Lucca—, le bastaron tres o cuatro hojitas para dar la singular nota de la pimpinela, porque más lo habría estropeado todo, e hizo lo mismo con la acedera, mientras que con la achicoria, igual que con la escarola, fue generosa. Por fin, echó una lluvia de las delicadas florecillas azules de la borraja y jaspeó el verde tierno de la achicoria con las del mastuerzo. Me frió las flores de diente de león. «El secreto», me explicó, «es sostener el pedúnculo y mover levemente los pétalos en la superficie del aceite, para que queden ligeros y fragantes». Volví a casa pensando en el gran corazón de Lia, lleno de una poesía ora tranquila, ora impetuosa, en un continuo diálogo con briznas de hierba y florecillas, tonos de luz y aéreas fragancias. Y sentí una especie de vértigo por hallarme ante una destreza tan esquiva como la sonrisa del gato de Cheshire.

LA RESPIRACIÓN DEL JARDÍN DORMIDO

Julio de 2014

Hay días de verano en los que la luz nos asedia. La mía es una antigua casa de campo con oscuras rejas de hierro en unas ventanas no muy grandes. Me encuentro espiando el exterior detrás de las gruesas paredes, suspirando como una prisionera por salir en libertad, cosa que llega cuando se alargan las sombras. Entonces y sólo entonces me atrevo a asomarme al aire abierto, al huerto que aún espera el riego, al huerto frutal donde las manzanitas verdes y peluditas prometen una buena cosecha otoñal, al olivar rubio de heno alto, azulado de achicorias. Llego a la pérgola nueva, sombreada por una *Clematis armandii*, que, nacida en la gravilla al pie de aquélla, importada hace no sé cuántos años por un vivero ya desaparecido, podría definirse, si no propiamente autóctona, al menos indígena. Al amparo de sus hojas oblongas y coriáceas me hundo en la tumbona. La mirada reposa en las colinas orientales, en el cielo suavizado por la claridad que precede al ocaso. Acunada por el ronroneo del silencio campestre —un último estridular de las cigarras, un trinar de pájaros, un batir de alas, el estruendo lejano de un helicóptero, el zumbido de un abejorro, un frufrú rápido en la hierba— me adormezco. Me espabilo con el tiempo justo para recoger un poco de albahaca en el huerto y preparar la salsa horneando los tomates espolvoreados de orégano. Llegan los amigos, ponemos la mesa en el exterior, con los farolillos que arrojan un poco de claridad. En la noche tibia el jardín aflora de la negrura, sugerente, y los arbustos son meras siluetas, unas oscuras, otras claras. La concreción diurna —colores precisos, perfiles netos— se desvanece en una vaguedad umbría. Intentamos una conversación, pero es distraída. Se diría que sólo nos apetece saborear la tregua del sol ardiente y continuar absortos en la escucha de la nube de ruidos que nos envuelve. La quietud del campo se despliega como una inmensa partitura. Oleadas de ruidos: el croar de las ranas, el intermitente *pizzicato* de un grillo, el ¡plaf! de lo que parece un sapo a la caza de caracoles, el batir de las alas de una rapaz nocturna, no sabría decir cuál. Un sonido entre el grito y el chillido que quizá proceda del bosque. Indicios de dramas que llegan con sabor de paz, sonidos semejantes a los trazos a lápiz de un bosquejo inacabado, mientras que hasta nosotros mismos nos sentimos desvanecer, absorbidos por una respiración más amplia, la del jardín dormido.

EL SECRETO DE LA MORERA DE LAS MORAS JUGOSAS

Agosto de 2014

No sabría decir por qué me gustan tanto las moreras... Recuerdo, eso sí, haber sentido de pequeña, en el jardín polvoriento de un tétrico hospital al que me habían llevado de visita, un intenso escalofrío delante de unas bayas semejantes a gusanos gordos y blanquecinos, como me parecieron entonces, y que ahora, con meticulosidad de adulta, diría que se asemejan más a las larvas de coleóptero que atisbo algunas veces revolviendo en el montón del compost. Aquéllas debían de ser de la especie *alba*. Años después, superando el asco, probé sus frutos en un cerro a orillas del lago de Como. Dulces, refrescantes, más bien insípidos. Un poco contenta de haber vencido la antigua repulsión y un poco enternecida por las moreras antes despreciadas, planté otras en la finca, aquí y allá, junto a unas de la especie *nigra*, más sabrosa, y entre ellas un comodísimo arbolito con las ramas colgantes al alcance de la boca, además de una morera siciliana todavía joven pero nudosa, que, con el sabor de sus frutos retardados —compensadas por un jugo embriagador— destaca por su excelencia entre la parentela. La morera, no cabe duda, posee una fuerte personalidad. Encuentro una en el corazón de la vida emocional de Damien North, *Un hombre al margen*, el protagonista de la hermosa novela de Alexandre Postel. Esquivo estudioso de filosofía, Damien permanece ajeno a los afectos, pero hay algo muy vivo en él, aunque sumiso y rayano con lo inhumano: la pulsión —biofilia, se diría con un término técnico en boga— que lo empuja hacia la morera que crece al otro lado de la ventana de su escritorio. De vuelta a casa, ya exculpado de la infamante acusación de pornografía pedófila, acaricia con los dedos la corteza agrietada y sonríe al fin, con la cabeza inclinada, los ojos cerrados y las manos en el tronco, como en las caderas de una persona querida. Días después, irritado por la malevolencia persecutoria de los vecinos, vuelve al árbol predilecto, a sus hojas oscuras, en las que se filtran unas cuantas gotas de luz que irisan la corteza de manchas claras y palpitantes. Nunca lo había hecho de niño, pero ahora asciende por las ramas y, mientras el aire le acaricia las sienes, descubre el secreto de una felicidad por encima del mundo donde todo está vivo, donde todo es hermoso, donde uno querría disolverse en la caricia del aire, en el olor de la madera, en la gracia obstinada de los insectos. Sólo allí se encuentra a salvo de la agresión de la manada y siente que puede aliviar las heridas antiguas y profundas de un niño tímido e introvertido.

EN LA DIVISORIA QUE SEPARA LA ALEGRÍA DEL DESAGRADO

Septiembre de 2014

Esperando a los amigos, pongo la mesa porque prefiero que la encuentren preparada para no perder los preciosos ratos de estar juntos trasladando platos y cubiertos. Bien, todo en orden, no falta nada. Menos ellos, que llaman por teléfono, llegan tarde, han tenido que esperar al fontanero. ¿Qué hacer? ¿Cómo ocupar esa media hora? ¿Y si renunciara a sacarle provecho? Me quedo sentada donde estoy. Me entretengo contemplando los escenarios del jardín al atardecer, la luz que se descolora entre las ensenadas de las colinas. Es ya más transparente en estos días de finales del verano. Disfruto de un momento maravilloso. Cuánta riqueza en la inactividad, en estar atentos a lo que sucede a nuestro alrededor. Cuando nos quedamos quietos descubrimos una vida furtiva. Las cañas un poco movidas por el viento, un murmullo de sauces. De lejos, el enorme cardo sin flores parece una persona, una figura grotesca con sus muchas cabezas hirsutas maltratadas por los pajarillos. Es bonito sentirse parte del mundo, una parte minúscula, y mirar, sólo mirar, entreviendo el carmín de las dalias apenas apagado entre el verde crepuscular del huerto y la pincelada violácea de un solitario racimo de glicinias que crece fuera de la estación. Una brisa ligera inspira un baile a la plumosa semilla de un diente de león que ha crecido sin ningún problema entre las hojas del lirio y del euforbio. Caigo en la cuenta de que estoy en la frontera entre el ruido de lo inorgánico —el lejano estruendo jadeante de la carretera amortiguado por los arbustos— y el último canto de las cigarras. Dos mundos sonoros, pero también dos tiempos —el uno de sabor arcaico, el otro groseramente nuevo— distintos y misteriosos en su enfrentamiento. Me recuerda una sensación que experimenté en Bocca di Serchio. Allí donde el río rediseña incansable los movimientos de la desembocadura, un largo corredor de arena separa el agua atrapada en la duna, con su quietud lacustre, del fragor irregular del movimiento de las olas. Esta parada forzosa me ha regalado un suplemento de felicidad. Habría podido enfadarme por el contratiempo, y, en cambio, he hallado en él una ocasión. Somos nosotros quienes elegimos qué hacer en cada momento con lo que nos es dado. Alegrarse o enfadarse depende de la habilidad para mantener el equilibrio en la sutil divisoria que separa las elecciones de las imposiciones. Allí donde puede abrirse una rendija de libre contemplación en la hora quizá más hermosa del día, suspendida entre la luz y la oscuridad.

EL FRESCO PERFUME DEL VIBURNO SILVESTRE

Octubre de 2014

Ocurre que la naturaleza se rebela contra nuestras violencias. Tal vez el portador de un vástago que no se dé por vencido trame algo contra el intruso e intente hacerse una vida brotando por debajo de él y succionando toda la linfa que puede. Así sucedió con mi primer *Viburnum davidii*. En cierto momento tomó la delantera el otro, el decapitado: un enérgico viburno silvestre —no sabría decir su nombre—, aunque no carente de cualidades, con un ramaje de tonos discretos, sombrillas de flores de un agradable aroma a hierba. No exhalaba la esencia arrogante, casi de perfumería, del usurpador, sino un no sé qué de delicado, amablemente atractivo, que recordaba a una muchachita con su vestido recién lavado. ¿Matar a la golfilla en provecho de la señora elegante? Imposible. Mejor separarlas y permitirles vivir a ambas. Mientras duró el verano, por mucho que lloviera, aplacé la operación quirúrgica. Se trataba de cavar alrededor del terrón por la parte en la que el portador del vástago había levantado la cabeza y cortar, dejando un poco de raíz, para mantenerlo autosuficiente. No lo conseguiría sola. Pasadas las primeras lluvias del otoño, la estación ideal para los trasplantes, llamé al más hábil de mis jardineros —pues sí, tengo muchos, y a veces convoco a alguno, aunque sea una al año, para las actividades que se le dan bien— y procedimos a separar a los siameses, que no gemelos. Giovanni cavó una trinchera por un tercio del perímetro del terrón, cortó con cuidado de la base la parte de tronco necesaria para sostener al silvestre que debíamos quitar, lo extrajo con la azada de los trasplantes y apretó bien la tierra sobre la herida del viburno de vivero. En cuanto al retoño separado con su buena dosis de terrón y raíces, se plantó no muy lejos del albaricoquero que, ¡ay!, hace años que muestra señales de querer irse. Luego trasplantamos un par de lilos que yo, poco previsora, había situado cerca de unos árboles de crecimiento rápido y fusto alto, de modo que los pobrecitos, que no lograban florecer, se limitaban a vegetar sin crecer, en confiada espera de mi arrepentimiento. Se cavaron unos hoyos dignos de nota. Si Greta Sturdza aconsejaba gastar tres por la planta y treinta por la colocación, en el caso de este balance, en cuanto a los gastos, figura sólo el agujero.

LA ENERGÍA VITAL ES DE COLOR AZUL

Noviembre de 2014

Hace unos días, paseando por el jardín a una bonita hora de sol, me senté en el banco y, desde allí, vagando con la mirada por las vides de la pérgola, descubrí con sorpresa unas agraciadas corolas de ipomea de un precioso azul intenso, casi de genciana, estriado de púrpura. No era mérito mío, yo no la había sembrado, había nacido sola. Un tallo fino con tres florecillas que asomaban entre los pámpanos. Un sobresalto de alegría purísima por el inesperado encuentro con esa solitaria, que, abriéndose camino por iniciativa propia, despliega fuerza, belleza, elegancia y, sobre todo, un sabor único de libertad, de ganas de vivir. Ha sabido aprovechar la suerte de caer en el punto y el momento exactos, única ipomea de este año, no en el huerto, sino trepando por los sarmientos, y no en verano. La encontré espléndida a esta luz del otoño. Comprendo que en un día semejante, vencidos por la seducción de una belleza primigenia, se pueda incluso decidir un cambio de vida y arriesgar el todo por el todo. Le sucedió a Corrado Dottori, que, encaramado al corazón de un olivo, con los brazos ocupados en la poda para la cosecha, la mirada libre de abarcar la extensión de las colinas, en las suavísimas Marcas, se preguntó por qué. Por qué no siempre. Por qué no quedarse. Por qué seguir aguantando eso que ya lo cansa: americana y corbata, cotidianos «sí, señor» a los grises dirigentes de la oficina, transacciones financieras de moralidad dudosa, una metrópoli decadente en la que se vacían las relaciones humanas. En *Non è il vino dell'enologo* (Derive-Approdi, 2013) cuenta la realización nada ilusoria, junto a Valeria, del sueño de hacerse viticultor, respondiendo así a una intensa percepción de la sed de espacios amplios en los que respirar, al impulso de plantar árboles y lanzar semillas, a dejar, acompañado de un perro blanco, señales tangibles de nuestro paso demasiado rápido por la vida. Cuestión de inteligencia y de valor; cosas también penosamente ausentes de mi ciudad, a pesar de su belleza, marcada por el remordimiento de haber destruido una riqueza de siglos. Una desordenada periferia sujeta lo poco que se ha prohibido destruir: las paredes horadadas de los heniles, que llaman «almendradas», reliquias perdidas de un condado que ya no existe. Pasando en coche por una de las muchas carreteras de acceso al centro, veo asomar por detrás de los edificios de pisos retales de campo, jirones de caseríos abandonados. ¿Por qué?

EL MARAVILLOSO MUNDO DE LOS MUSGOS

Diciembre de 2014

¡Deteneos antes de realizar la enésima matanza de los inocentes! Estoy preocupada por los musgos de los bosques o líquenes. Arrasan con ellos los aficionados a esos paisajes en miniatura que llaman «belenes». ¡Ay!, qué mal me caigo en el papel de censora, pero también cuánto sufrí hace años en la plaza del Duomo de Milán delante de una instalación realizada con decenas y decenas de metros cuadrados de musgo verdísimo; o cuando vi limpiar con celo genocida una terraza y varios asientos antiguos de piedra, ornamentados con intrincadas ramificaciones de filigrana esmeralda, testimonio del mudo pasar de los días. A una mirada incapaz de maravillarse con estas formas de vida anteriores a los árboles, a las flores e incluso a los helechos, contemporáneas de los bosques de equisetos gigantescos, le parecerán señales de incuria, manchas, indicios de abandono, suciedad. Hay en Kioto un célebre templo dedicado a los musgos, en el que se contemplan sus ondas como de una marea suspendida, cuenta Véronique Brindeau en *Louange des mousses*. Una inmovilidad tan apacible invita al sosiego, dispone a la meditación con un cierto hechizo sencillo y tranquilo, como de presencia absorta, sin ansiedades por el futuro. Conozco jardines en los que todo, tierra, piedras, troncos, está cubierto de un encanto propio de valle deshabitado. Se han catalogado centenares de especies con nombres hermosos que evocan las formas que adoptan: escarcha, farol, reflejos de plata, gran sombrilla, pequeño ciprés, manto de arena, cigarros, el legendario fénix, una ardilla. Algunos reciben el nombre del árbol al que se asemejan en miniatura, singulares bonsáis en un mundo de elfos. Uno de los términos comunes para el cuidado del jardín es *soji* o «liberar barriendo» la alfombra musgosa de las hojas y las agujas de pino que le impedirían respirar. Porque el musgo lo toma todo del aire y del agua y nada de la tierra, a la que no lo vinculan raíces, sino rizoides. Por eso sobrevive a la sequedad. Para reanimarlo bastan la niebla y el rocío. Quien se lleve un trocito a casa para identificarlo mejor sólo tendrá que rociarlo con agua y las hojitas volverán a desplegarse tan frescas como a la sombra jaspeada de los árboles. Quién sabe si, al desmontar el belén, sería posible restituir el botín y devolver al secuestrado a su casa.

NO MIRES LAS HOJAS CAÍDAS...

Enero de 2015

Abro el segundo volumen del *Zibaldone*, donde encuentro en una hoja de apuntes una página en la que Leopardi quiere demostrar que todo está mal, que cualquier forma de existencia, sin exclusión, es un mal.

> Entrad en un jardín de plantas, de hierbas, de flores, por muy alegre que sea, por mucho que estéis en la estación más apacible del año, no podréis volver la mirada a ninguna parte en la que no encontréis sufrimiento. Esa familia de vegetales se halla en estado de *souffrance*, unos individuos más, otros menos. Esa rosa de allí sufre por el mismo sol que le ha dado la vida, se arruga, languidece, se marchita. Ese lirio de allá padece la cruel succión de una abeja en sus partes más sensibles y vitales. La dulce miel no está fabricada por las industriosas, pacientes, buenas y virtuosas abejas sin indecibles tormentos para esas fibras delicadísimas, sin una despiadada matanza de las tiernas florecillas. Ese árbol está infestado de hormigas, aquel otro de orugas, de moscas, de caracoles, de mosquitos; éste tiene herida la corteza

> y lo atormentan el aire o el sol que penetran en la llaga; aquél está dañado en el tronco o en las raíces; aquel otro tiene muchas hojas secas; éste está roído y con las flores mordisqueadas; aquél está agujereado, con los frutos llenos de picotazos; demasiada luz, demasiada sombra, demasiada humedad, demasiada sequía.

Y etcétera, con un asombroso y virtuosísimo *crescendo* oratorio que al final no sé si calificar de sublime o de ridículo, porque me recuerda a un niño que patea el suelo, decidido a tener razón a cualquier precio, a rebelarse contra la injusticia de los mayores, a salirse con la suya. Hay una especie de extremismo infantil, una tozudez despectiva que se niega a dar por vencidos sus prejuicios, que se empeña, cueste lo que cueste, en no considerar, junto a los inevitables contratiempos, los instantes de gozo, de placer, cuando no de felicidad desbordante. Por contraste, se me vienen a la cabeza las sabias palabras de Robert Rieffel, el cónsul honorario belga que conocí hace años en Katmandú. «No mires las hojas caídas al suelo, sino las que continúan en las ramas», me escribió en una carta que todavía conservo entre las páginas de su libro sobre las alturas del Nepal. E incluso cuando todas las hojas se hayan caído, en esos días desnudos, ¡qué inmensa fuente de beatitud, no oscurecida por nada, la discreta compañía de un jardín!

IGUAL QUE PARA LAS PLANTAS, LA LUZ ES ALIMENTO PARA NOSOTROS

Febrero de 2015

¡Dímelo hilando! No puedo, se me congelan los dedos, hilaré en el verano, en los días buenos. ¡Dímelo hilando! No puedo, me sudan los dedos, hilaré este invierno junto a ese buen fuego.

Estos versos graciosos me los recitaba mi padre, crecido en una familia en la que las mujeres de la casa utilizaban el huso y tejían. Lo recuerdo mientras merodeo aterida —he olvidado los guantes en casa— por un jardín en el que todo parece inmóvil, en el que podría pensarse que ni siquiera la linfa corre por debajo de la corteza de los árboles deshojados. Con las manos casi insensibles, remetidas dentro de las mangas del chaquetón, interrogo al cielo preguntándome por qué tanta luz no se traduce en el alivio de un poco de tibieza. Al fin y al cabo, no disfruto del metabolismo de Macchia, que corretea delante de mí y me mira de vez en cuando con la esperanza de que le tire un palo. La complazco y luego, con la espalda contra el liquen amarillo del fresno y los ojos entrecerrados, me las ingenio para absorber la emanación de un fuego muy lejano, inmaterial como una visión.

Surge entonces, desde otros climas, la imagen de Siddhartha Gautama en la víspera de la iluminación, cuando, agotado por las inútiles mortificaciones de la carne, recupera con un recuerdo de la infancia un momento de placer puro: al pie de una rosa, mientras su padre araba el campo, lo había invadido la felicidad, sutil pero intensa, de la contemplación. Intuye que es el primer paso hacia la ansiada liberación y que no podrá revivir semejante felicidad sin conservar el cuerpo. Interrumpe el ayuno, bebe leche, come cereales hervidos, recupera energías. ¿Y yo? Reabro los ojos a la realidad de un huerto de árboles frutales desnudo, de un huerto famélico. Poco importa, siempre que la despensa de casa esté llena, esta luz que todo lo inunda, que es comida para las plantas, me da fuerza a mí, la fuerza de la espera. Y pienso en los caminos invisibles de un alimento que es sinónimo de amor. Bajo tierra, en la retícula de las raíces, los árboles pueden hacerse la guerra, pero también socorrerse los unos a los otros. Se ha observado que los abetos y los abedules se envían alimento cuando hay escasez de comida para una de las dos especies, y que una planta madre, como un mamífero que amamanta a sus crías, puede mandar nutrientes a las plantitas que han germinado a la sombra y sustentarlas hasta que hayan crecido lo suficiente para desplegar sus hojas al sol.

LA DICHA TRANQUILA ENTRE LAS PLANTAS

Marzo de 2015

Hace años, en Pekín, en un día gris y neblinoso, con un cielo que se resistía a enseñar su azul, fui a despejarme y tomar el aire al Palacio de Verano. Después de visitar el interior, paseé mucho tiempo por la orilla del lago y entre los árboles, hasta que experimenté la sensación de estar perdida. Recuerdo que en cierto momento me detuve y me quede inmóvil, conteniendo el aliento. Estaba deslumbrada por la clara beatitud despreocupada que me transmitía el rostro de una joven enmarcado por las ramas de un cerezo en flor. Un hombre —que evidentemente la amaba— la fotografiaba mientras ella unas veces se abría espacio entre los pétalos y otras se escondía como una flor entre las flores, aunque traicionada por el brillo picarón de su mirada. Agazapada detrás de un arbusto para espiar sin ser vista, yo me sentía refrescada, limpia por dentro, gracias a la dicha sencilla, pura como el aliento de un niño, de aquellos dos enamorados, inconscientes de que sus instantáneas se estaban imprimiendo de un modo indeleble en mi memoria.

Me gustan las imágenes de alegría sencilla, encuentro en ellas una suerte de verdad más convincente que una continua fachada de infelicidad. Esa misma luz me había conmovido en el hermoso rostro de Masanobu Fukuoka, radiante de arrugas en su huerto de árboles frutales. La encuentro de nuevo ahora, más compuesta, en Ephraim Wales Bull —uno de los *Hombres que aman las plantas*, como cuenta Stefano Mancuso—. Bull dedicó su vida a la selección de un cierto tipo de vid, la «Concord». Lo vemos ya mayor en una foto tomada en su viñedo, con tirantes y mandil de jardinero, un sombrero de fieltro calado en los cabellos níveos, la barba blanca, amplia y suave, mientras que, con la expresión serena y orgullosa del hombre que siente bendecida por Dios su actividad armónica con lo creado, muestra un apretado racimo de sus uvas «Concord», de granos turgentes, espesos y negros, brillantes de pruina azulada. En ésta mi galería interior de imágenes descubro una constante: esa sensación de felicidad leve, tranquila, que los humanos respiramos como un bálsamo cuando nos movemos entre seres silenciosos, inmóviles sólo en apariencia, que nos devuelven regenerados los productos de desecho de nuestro paso por esta tierra. Hay algo en nosotros que responde con la sonrisa de placer del gato que se frota feliz el morro y restriega las patas entre las hojas olorosas de *Nepeta cataria*.

UN COLORISTA JARDÍN DE AMOR

Abril de 2015

Es el mes más bonito. Paseo por el jardín aturdida por el esplendor de las yemas, de las hojas en miniatura, de los primeros tulipanes, narcisos y anémonas de este abril suntuoso de flores. Comienza con el aire perfumado de *Clematis armandii* y *Viburnum davidii*. Continúa con el blanco y el amarillo de las *banksiae*. Sigue el azul violeta de la *Iris pallida dalmatica* sobre el verde linfa de la hierba tierna, la profusión de rosas bulbosas Lijiang, suspendidas de ramas finas y flexibles que caen sobre el serbal en el que se apoya. Se marchitan las *banksiae*, las bolitas de nieve del viburno cambian del verde lima al blanco. Sí, valía la pena orquestar tanta delicia, pero no es el caso de enorgullecerse, ni como individuo ni como especie, porque la nuestra no es la única aficionada a montar jardines. En Australia y en la isla de Nueva Guinea viven unos pájaros, parientes cercanos del cuervo, que, para conquistar a la hembra, no se contentan con exhibirse, como cualquier otro macho, con cantos elaborados o con un manto chillón, sino que decoran todo el entorno del nido. Reúnen plumas rojas y azules de papagayo, conchas blancas de caracol, palitos, flores, hojas y hongos, bayas e incluso los escarabajos que matan únicamente con esa finalidad ornamental, y los disponen con un innegable sentido artístico. Atraída por el despliegue de tanto tesoro, la hembra atraviesa una pérgola construida con ramitas secas o un estrecho pasillo, versión en miniatura de las arcadas de la catedral vegetal de Giuliano Mauri, hasta entrar en la *garçonnière* del plumífero y acomodado arquitecto. El más original es el jardinero gris, que amontona conchas, guijarros, vértebras de oveja, vidrio de colores, casquillos de fusil, variopintas tiras de plástico, chapas, papel de aluminio, añicos de espejo, quincallería y cualquier cosa que brille. Espejitos para las alondras, diría un cazador. El más ingenioso es el gran jardinero (*Ptilonorhynchus nuchalis*), que, para parecer más majestuoso, recurre al truco de la perspectiva forzada, como colocar al fondo de la pérgola las piezas más grandes para sacarles provecho a la geometría y los colores. Son casos en los que salta a la vista lo insegura que es la distinción entre el artefacto y la naturaleza, que, bien mirado, queda poco clara. El nido de barro de la golondrina, el que trenza con pajas y ramitas el mirlo, no son manufacturas, pero con el pico y las patas también se puede hacer cualquier cosa.

LA ESPLÉNDIDA MADUREZ DEL JARDÍN

Mayo de 2015

Me gustan las perennes que, elevándose veloces, cambian el espacio. El hinojo silvestre que hay detrás del boj crece y se ensancha a simple vista. Encuentro florecidos los acantos. Se manifiestan de la mañana a la noche: espigas altísimas y, sobre éstas, flores de grandes labios, en blanco sucio y en color vino. Abejas, abejorros y otros insectos cuyos nombres no sabría decir, algunos muy negros y muy peludos, los penetran metódicamente, una flor detrás de la otra. En algunas ocasiones los veo a la entrada, otras adivino su presencia por un temblor de los pétalos. Rápidas incursiones predatorias. Curioso, es sexo entre emisarios de reinos distintos. Brotan las malvarrosas, nunca más de cinco o seis corolas juntas, sonrosadas o de un carmín intenso y brillante. Una astucia para sobrevivir, porque de este modo multiplican las posibilidades de acoplamiento con los insectos y por tanto la descendencia. No desplegar todos los recursos a la vez, sino poco a poco y a lo largo del altísimo tallo, es una coquetería: se enseña algo, se esconde algo. Como el amarillo claro, casi blanco, de una rosita nacida por iniciativa propia, tal vez de las bodas entre una «Goldfinch» y una *Rosa primula* detrás del seto de las granadas. Insinuante, se asomó por la penumbra hacia la luz, para luego detenerse a tapizar el seto, bordarlo de vástagos sin romperse, sin ir más allá de la superficie de hojitas claras, y diseñar el más bonito de los arcos. Están, además, las manchas, de un blanco deslumbrante, de los lirios. Al atardecer los diviso desde la cocina, por la luneta que da a la ventana de la leñera. A la claridad indistinta que sigue al ocaso, parece que despiden luz propia. Voy a sentarme fuera. Me cautiva el viento que descubro en la frenética agitación de las hojitas del álamo temblón, grande ahora, aunque cuando lo trasplanté era un tronquito nacido por casualidad dentro de un tiesto de *Cistus ladanifer*. Era el comienzo de la transformación de una finca en jardín, una hectárea y media de tabla rasa en la que permitirse el lujo de plantar a cualquier huérfano abandonado. Ahora todo ha cambiado. Acabada la época de la clemencia, aquel que tenga la osadía de brotar será extirpado sin piedad. Una vez agotados los puestos libres, no queda más que trasplantar algún afortunado a un tiesto y buscar a quien regalárselo; para los demás, la matanza de los inocentes. Y la madurez, espléndida, de los que tiempo atrás fueron tronquitos.

EL JARDÍN COMO ÚLTIMO REFUGIO

Junio de 2015

«En vano cientos de miles de hombres, hacinados en un pequeño espacio, se esforzaban en desfigurar la tierra en que vivían; en vano la cubrían de piedras para que nada pudiera crecer; en vano arrancaban las hierbecillas que pugnaban por salir; en vano impregnaban el aire de humo de petróleo y carbón; en vano echaban a los animales y los pájaros, porque hasta en la ciudad la primavera era primavera. Resplandecía el sol, la hierba verde brotaba por doquier, no sólo en los céspedes de los bulevares, sino hasta en los adoquines del empedrado»[5]. Se me viene a la cabeza este párrafo de *Resurrección*, la última novela de Tolstói, leyendo sobre Anne Naysmith, prometedora concertista que tocó los *Preludios* de Rajmáninov en Saint Martin-in-the-Fields y en el Wigmore Hall. Trastornada por una desilusión amorosa, algunos problemas económicos y un desahucio, empezó a dormir en su Ford Consul

[5] Lev Tolstói, *Resurrección*, trad. cast. de Irene y Laura Andresco, Madrid, Alianza Editorial, 2010. (N. de la T.).

azul estacionado en Prebend Gardens, en el barrio londinense de Chiswick, delante de la que no se resignaba a no considerar su casa. Aunque muchas personas se ofrecieron a buscarle un alojamiento o al menos una tarjeta gratuita para el autobús, rechazó los ofrecimientos. Vagaba por las calles, de una punta a otra de Londres, hablaba de música frente al Royal Albert Hall y tiraba de las orejas a los ciclistas que invadían las aceras. Y cuidaba de su jardín en los márgenes de una estación de metro, donde había plantado un cerezo, un ciruelo y algunos bulbos y perennes. Cuando un vecino, preocupado porque su presencia restara decoro a una zona en rápido ascenso inmobiliario, consiguió que se llevaran al desguace su viejo auto y alguien vandalizó el Mercedes rojo que le había regalado otra persona para que lo sustituyera, el jardín se convirtió en su único refugio. Allí se construyó un cobijo para las noches y continuó cuidando, impertérrita, narcisos y junquillos, campánulas y prímulas, lupinos y espuela de caballero. Y también tomates, con los que preparaba el *chutney* que regalaba de vez en cuando. Hasta que, durante unas obras, una excavadora arrasó con todo. Los obreros ni siquiera repararon en el jardincito, a pesar de las piedras colocadas a modo de valla. Sin desanimarse, Anne lo volvió a plantar entero. Después, la atropelló un camión. Las muchas personas que admiraban su dignidad y su coraje la recordaron encendiendo farolillos y velas en su pequeño y maltratadísimo reino.

LA NOCHE TIENE COLORES PARA EL GECO, DEPREDADOR AMABLE

Julio de 2015

Hay un geco que todas las noches, más o menos cuando casi he terminado de cenar en la mesa de piedra de detrás de casa, se acerca —rápido y furtivo al mismo tiempo— a la lámpara de la pared. Inmóvil, espera su pasto volante desde la mejor posición posible. Llegan los sibilantes mosquitos y las oscuras y temblorosas polillas atraídas por la luz, víctimas predestinadas como los hombres en una célebre canción en la que Marlene Dietrich se declara empapada de amor de pies a cabeza. Con un gesto raudo, él, o tal vez ella, agarra su bocado. Me pongo de parte del depredador, ¿por qué no puede disfrutar de su tentempié? Me hace sonreír su cómica expresión, con la víctima alada asomando por las mandíbulas cerradas. Adoro a los gecos, y no sólo porque se diga que traen buena suerte. Me gustan sus patitas con ventosas, la timidez cautelosa expresada también por su tonalidad beis, arenosa, de quien prefiere pasar inadvertido. Aunque no sé de qué color se perciben entre sí. En esto se trata más que nunca de puntos de vista. Si de noche todos los gatos son pardos, para muchos animales no es así. Murciélagos, lémures, polillas —y, desde luego, los gecos— distinguen los colores incluso en lo que para nosotros son unas tinieblas casi totales. Qué increíble riqueza de percepción, y qué presuntuosos somos los humanos suponiendo que cuando anochece el mundo se convierte en lo que sólo es un conjunto de infinitos matices oscuros. Todo aquel que busca la comida en la oscuridad necesita orientarse; no es de extrañar entonces que la evolución haya favorecido a quien percibe los tintes hasta sin luz solar: la polilla esfinge está dotada de lentes capaces de aprovechar la claridad de las estrellas en una noche sin luna y distingue las flores por el color. Cuando leí que los gecos tienen una sensibilidad cromática trescientas cincuenta veces superior a la nuestra, mi ternura por el que me parecía la cenicienta de los lagartos se convirtió en admirado asombro. Ahora, cuando mi geco se presenta a nuestra cita nocturna, lo juzgo con una mirada nueva. Con la imaginación, trato de evocar de entre la masa del jardín, en esa oscuridad transparente y como plateada de las primeras horas nocturnas, la magia de un lienzo estampado en los tonos negros de esas horas, e imagino un mundo de pigmentos saturados como en las telas al óleo de algunos maestros flamencos.

DEPREDADORES Y PRESAS A LA SOMBRA DE LA ENCINA

Agosto de 2015

Paseaba yo por el jardín a esa hora placentera que precede al atardecer. Una visión me detiene: un pájaro de alas gris oscuro plantado en una rama de la encina cercana al estanque, la misma que me habían aconsejado cortar antes de que, como sucedió después, creciera privando de luz a lotos y nenúfares. Observo al desconocido, con una V dibujada por dos plumas blancas filiformes que le cuelgan por la espalda, pico negro, largas patas amarillas de ave palustre; cabeza, cuello y pecho de un blanco degradado en gris. Nunca lo he visto, ni tengo idea de quién es. Al día siguiente, a través de una apertura en el seto de laurel, lo sorprendo en el borde, escrutando entre las hojas del espino blanco de agua. Inmóvil, levanta una pata con la cautela de un cazador. Presa de una pasión súbita por el intruso, me descubro deseando ardientemente que salte, sin preocuparme de los peces, cuyos intereses deberían importarme.

Aguardo un buen rato, pensando en los documentales de David Attenborough, en las esperas y las preparaciones infinitas que debe de suponer cada grabación. Tengo suerte, porque a la media hora despliega las alas, se lanza al agua y captura como un rayo la cena. A la luz escasa, las escamas de oro anaranjado relucen con el sol. Qué pésima idea tuvieron esos peces vistiéndose de rojo. Quién sabe, a lo mejor en su ambiente original un color tan chillón tiene un significado evolutivo. Aquí, desde luego, es una imprudencia. El jardinero está consternado: «Voy a matar a ese pájaro, mira qué listo, ha encontrado aquí un sitio para él solo, viene y se come los peces». Insensible a toda ictiológica compasión, rebato: «¿Por qué, es que tú no comes pescado?». Me temo que la asistencia a este episodio mínimo de vida en la jungla me ha hecho perder la cabeza, claro indicio de la persistencia en mí de un eco lejano de la llamada de la selva. De regreso a casa, echo un vistazo para dar un nombre al nuevo huésped del jardín. ¿Será una garceta gris, prima de las garcetas blancas, aquí muy abundantes? Excluyo a la garza morena, bastante más grande. Al fin, me inclino por el martinete común, una garza pequeña que caza incluso de noche para evitar la competencia; sus ojos son rojos, leo, pero de lejos no me he dado cuenta. Ni tendré forma de comprobarlo al día siguiente, porque, acabados los peces, su desleal guardiana, antes seducida, ha sido abandonada.

CUANDO UN ÁRBOL, AUNQUE MODESTO, SE CONVIERTE EN SEMILLA DE ESPERANZA

Septiembre de 2015

El fulgor cálido y maduro del mes de septiembre se desvanece, no obstante el paso de los años, por el recuerdo de la noticia inverosímil que me llegó por teléfono mientras que, felizmente ignorante, añadía unos higos recién cogidos al caramelo condimentado con jengibre y corteza de limón: las Torres Gemelas de Nueva York, atacadas por dos aviones, se estaban desplomando. El mundo no volvería a ser el mismo. El mes de octubre siguiente al terrible ataque, un obrero que retiraba los escombros encontró —partido entre los bloques de cemento, decapitado, con las raíces rotas, el tronco carbonizado y una única rama todavía viva— un *Pyrus calleryana*, árbol originario de China y Vietnam. Nada llena tanto de admirado estupor como la fuerza de mantenerse en vida en las peores adversidades. El herido fue retirado y conducido con urgencia al vivero de Van Cortlandt Park, en el Bronx, a escondidas, en la oscuridad de la noche, porque a muchos les parecía superfluo preocuparse por una planta tan utilizada en el llamado «verde urbano» que, en los Estados Unidos, aburre a mucha gente. Le amputaron los tejidos muertos y envolvieron en un terrón mullido las raíces rotas. El peral de flores volvió a crecer. Luego, en una primavera de hace cinco años, una furiosa tormenta lo desarraigó; de nuevo los cuidados; de nuevo la inesperada curación. Cuando Ron Vega, el empleado de limpieza que lo había socorrido, al que mientras tanto ascendieron a director de la reconstrucción de la Zona Cero, supo que todavía estaba vivo, quiso que «Superviviente» —era su sobrenombre— se incluyera en el proyecto paisajístico. Plantado cerca de la huella de la Torre Sur, se hizo famoso y se le tributaron varios honores, entre los cuales no es el último que su historia cierre *Seeds of Hope*, el libro que Jane Goodall, después de pasar años estudiando a los chimpancés a orillas del lago Tanganica, dedicó al reino vegetal. Admiro su escritura directa, fresca y desenvuelta, que es un libro para niños, en el que la abuela que todos querríamos —amiga de los animales, valiente, emprendedora, rica de historias bonitas para sus nietos— cuenta los hechos más extraordinarios del mundo de las plantas, aunque también de su vida, lo que aviva la imaginación y educa —como ya hace con el proyecto «Roots and Shoots»— a una nueva generación en la conservación de bosques y selvas, hábitat imprescindible para la supervivencia de los seres vivos.

SI EN EL JARDÍN YA NO HAY LUGAR PARA TODOS

Octubre de 2015

Debí de depositar, cuando planté los árboles, una confianza involuntaria en la expansión del universo, concepto del que tengo una idea bastante vaga porque nunca destaqué ni en Física ni en Matemáticas. ¡Ay!, el tamaño del planeta no crece al tiempo que el aumento de su población, ni en estos años mi hectárea y media de tierra se ha expandido un solo metro cuadrado. Una verdadera lástima; habría sido preferible que se ampliara en armoniosa consonancia con las copas de robles, arces, tilos, chopos y cerezos. Nada de eso. Las proporciones iniciales van reduciéndose y la finca comienza a parecerse al jardín abarrotado de un coleccionista de plantas. Si hubiera sabido resistirme a la tentación de aquel delicioso *Acer monspessulanum* de hojas trilobuladas, a la diversión de las bayas anestésicas de *Zanthoxylum simulans*, al reclamo de la corteza anaranjada de *Arbutus andrachne*, a las ramitas fragantes de *Cinnamomum camphora*, y si no me hubiera divertido reproduciendo a partir de una vaina robada la majestuosa *Gleditsia triachantos*, encontrada en el pueblo de Pomaia, y hubiera opuesto un firme rechazo al castaño de Indias que mi amiga Marina obtuvo de una castaña... En primavera, cuando los caducifolios han echado las hojas, me rendí a la evidencia: había que sacrificar alguno. Faltaba alguien que viniera a convertirlos en leña, aunque no de inmediato, para dar tiempo a que los pajarillos de segunda pollada abandonaran los nidos. El otoño era la estación adecuada. No estoy orgullosa de traicionar así a los que había acogido en mi familia botánica. En este jugar a la creación que es parte del ser jardinero, me viene a la cabeza el cuento rabínico en el que Dios le dice a Moisés: «Hazme un favor, comunica tú a Aaron su muerte, porque a mí me da vergüenza». De igual modo, yo me pongo roja como un tomate ante la idea de tener que anunciar a ese hermoso fresno que se alza confiado al cielo que ya no hay sitio para él, a pesar de que goce de una salud perfecta y vista con la elegancia de un *dandy* las manchas doradas del liquen. Pero ¿será de verdad la víctima predestinada? ¿Por qué no el arbusto, sin embargo menos común, al que da sombra? Es demasiado doloroso pronunciar sentencia. También este año acabaré postergándolo cobardemente, con la idea de cargar la responsabilidad de la difícil selección sobre los anchos hombros de la Madre Naturaleza.

EL JARDÍN NOS CONDUCE A UN VIAJE EN EL TIEMPO

Noviembre de 2015

Es un espléndido y despejado día de sol. Salgo a dar un paseíto por el jardín. Bajo la pérgola de glicinias las hojas caídas forman una mancha luminosa, como una seda dorada desgarrada aquí y allá. Llego al árbol de Judas, ya desnudo pero cubierto de líquenes, algunos amarillentos y sutiles, otros exuberantes y de color verde mar, rizados con volutas de estilo rococó. En la base, el tronco se tuerce y casi se apoya en la tierra, recubierto de un suave y verdísimo musgo. Su silueta, conseguida año tras año a fuerza de podas muy cuidadas, es preciosa. También está moteado de líquenes el asta de ciervo de Virginia que recuperé de la bodega de mi padre, donde colgaba con el fin de ensalzar el parecido de las formas entre las ramificaciones vegetales y animales. La visión de estos cuernos encima del árbol tiene un sabor arcaico, casi de tótem. Me produce la misma sensación extraña que me sorprende algunas veces entre las plantas, como de viajar hacia atrás y hacia adelante en el tiempo, para entrar en una dimensión más espaciosa, donde las distintas épocas humanas se miran desde una gran distancia, semejante a la de un astronauta que observa la tierra desde donde supongo que debe impresionar la esencial afinidad de un continente con otro. Pensando en lo poco que separa el presente del pasado más remoto, se me viene a la cabeza el descubrimiento de unos arqueólogos galeses en Black Mountain. Al excavar en un túmulo de la Edad del Bronce, entre los huesos quemados de un niño de doce años, la urna funeraria y ciertos utensilios de sílex, hallaron pólenes. Era lo que quedaba de un ramo de *Filipendula ulmaria*. El periodista que escribía sobre el caso observó un gesto de ternura en el ritual fúnebre. Una interpretación arriesgada, quizá, aunque es bonito pensar que llevar flores a nuestros seres queridos es una costumbre tan antigua que podría calificarse de inmemorial, como un gesto reiterado y desafiante contra el final inevitable que supone la muerte. Desde luego, la ulmaria podría no estar allí por tributo sentimental, como la costumbre de llevar crisantemos a las tumbas durante este mes, sino por sus propiedades terapéuticas, higiénicas o depurativas. Sea como sea, se trata de una muestra de respeto, que, me gusta pensar, se expresaba con esas bonitas inflorescencias de un sosegante blanco crema. Como siempre, ese gesto piadoso abre una grieta en las artificiosas barreras que nos separan de nuestros antepasados.

UN ÁRBOL DE NAVIDAD... DE COLOR FRAMBUESA

Diciembre de 2015

Hace años frecuentaba un fantástico vivero en Sant'Andrea di Compito. Las plantas en maceta estaban colocadas en amplios bancales por la suave pendiente de la colina. Algo —quizá la claridad del conjunto, quizá el verde brillante de las hojas combinado con las suaves curvas de los muretes en seco— recordaba un paisaje de arrozales o, mejor aún, de plantaciones de té. Un día de otoño, mientras admiraba las variadas floraciones de la camelia sasanqua, descubrí una de pétalos color frambuesa, tonalidad de rojo para mí irresistible por estar asociada a uno de los sabores más agradables que conozco. Me la llevé a casa y la planté no lejos del horno, en un punto del sur pero protegida por un viejo árbol de pera decana y por un joven aunque mucho más vigoroso peral de flores. La pequeña camelia ha crecido hasta convertirse en un precioso arbusto. Está siempre florecida, aunque algunos años el frío demasiado intenso ha estropeado aquel rojo atractivo y lo ha vuelto del color poco agradable, un óxido malsano, de las manchas de la vejez. Se llama yulétide, me dijeron cuando la compré, pronunciado con acento en la primera «e». Más tarde, un amigo inglés, que en ese momento no sabía de qué hablaba yo, me corrigió la dicción y me explicó que se trata de una camelia bautizada así porque florece durante la Navidad, es decir, durante *yuletide*, el solsticio de invierno que coincide con las fiestas paganas luego suplantadas por la celebración del nacimiento de Jesús. A partir de entonces miré con otros ojos las hermosas corolas de pétalos de un rojo goloso recogidas en torno a un tupido corazón dorado, y me di cuenta de que tenía en el jardín el perfecto árbol de Navidad. El último del que conservo memoria lo decoré de niña, en mi cuarto; engalané con pajaritas de papel y barquitos y bolas brillantes e hilo de plata el abeto de plástico y alambre (no creo que se vendan ya) que mi abuelo bajaba de la buhardilla, junto con las figuritas del nacimiento, el día de Santa Lucía. Recuerdo todavía la sensación de separar las ramas y ordenarlas en la angulación correspondiente a la de un abeto verdadero, como los de las casas de mis compañeras de colegio, y que envidiaba un poco, por supuesto, mientras que ahora me parece que aquella solución postiza tenía al menos el mérito de no necesitar golpes de hacha en un tronco vivo.

SI EL PAPA ABRE LA PUERTA A LAS MALAS HIERBAS

Enero de 2016

Junto a mi casa, nada más salir por la puerta de la cocina a la derecha, se extiende una parcelita de terreno que llamo *the wild patch*. Por qué en inglés, no sabría decirlo. Tal vez el gusto por esas palabras breves, la sugestión de una escuela de pensamiento, el recuerdo de Thoreau. En todo caso, es mi tributo a la idea de escuchar a la naturaleza. Con este espíritu, un buen día leí en un libro breve: «Puesto que Dios se manifiesta en todas sus criaturas, San Francisco pedía que en el convento se dejara siempre una parte del huerto sin cultivar para que crecieran las hierbas silvestres, de manera que cuantos las admiraran pudieran elevar su pensamiento a Dios, autor de tanta belleza». Estas palabras en defensa de las malas hierbas no las he encontrado en Masanobu Fukuoka o en Gilles Clément, sino en *Laudato si'*. Nunca fui lectora de encíclicas. Quién sabe lo que me he perdido si son todas como esta última del papa Francisco. Cuando me la regaló una amiga, enarqué una ceja; poco me faltó para bostezar.

Luego comencé a leer, por curiosidad buena o malsana: ¿será que la Iglesia comienza a abrirse a las cuestiones verdaderamente apremiantes de nuestro tiempo? Parece que sí. Inspirado por el santo de Asís, encuentro la invitación a considerar la naturaleza como un espléndido libro en el que Dios nos habla y nos transmite algo de su belleza y su bondad. Surge así una noción distinta de pecado: todo comportamiento que comprometa nuestra casa común, la convierta en un lugar inhabitable para las generaciones futuras y para quien ya ahora malvive en condiciones de degradación y pobreza. Los desiertos están aún antes en el alma que en la tierra, escribe Francisco. No creo que ningún papa haya utilizado hasta ahora su influencia para hablar de energías renovables, recogida diferenciada de la basura, atención al ambiente, ahorro energético, calentamiento global y agotamiento de los océanos y de las tierras cultivables. Un gesto de *pietas* muy concreta para las criaturas que habitan este planeta. ¿Llegarán sus palabras a esos mil millones largos de católicos que pueblan el planeta? ¿Se sacudirán la pereza los don Abbondio[6] y hablarán de esto a sus feligreses? Entonces sí cabría albergar esperanzas. Sólo cambiará algo cuando cada uno de nosotros comprenda que tiene un compromiso con esta tierra: custodiar la creación, proteger la vida de las plantas, los animales y los humanos.

[6] Don Abbondio, personaje de *Los novios*, novela de Alessandro Manzoni. Un párroco pusilánime y de pocas luces. (N. de la T.).

VIAJAR PARA LUEGO REGRESAR AL TERRUÑO

Febrero de 2016

Aunque el *Voyage autour de mon jardin*, delicioso librito de Alphonse Karr, continúe siendo mi favorito en su género y yo comparta la sustancia de su pensamiento —que las exploraciones en nuestro pedazo de tierra pueden ser más ricas que las que hagamos en países lejanos—, debo reconocer que no todos los viajes son en balde. Recuerdo como una de las épocas más felices de mi vida la estancia en Dehradun (Uttar Pradesh), en la finca agrícola en la que Masanobu Fukuoka dio un largo seminario dedicado a la naturaleza como maestro. Me entusiasmó descubrir que ese disidente radical no estuviera dominado por un espíritu de rechazo generalizado, sino por un amor inmenso y cálido hacia todos los seres. ¡Cuántas cosas aprendí! Una impresión no menos profunda me causó la visión de los arrozales verdeantes en el campo alrededor de Mysore, de las mujeres que trabajaban en una extensión luminosa de briznas de hierba, envueltas en saris a mis ojos no menos exquisitos que los que vestían en el templo.

El viaje es en ciertas ocasiones la premisa de un regreso al terruño. Así le ocurrió a Harald Gasser. Una larga estancia en la India le sirvió para comprender la belleza de la vida en contacto con la naturaleza y para desear la serenidad de los campesinos entre los bueyes. Al volver a su casa, después de un viaje de seis meses, ya nada era como antes. Abandonó su trabajo de asistente social y se fue a vivir lejos de la ciudad, al macizo de Aspingerhof, para criar cabras y vacas enanas, patos y pollos, y crear un huerto diferente a cualquier otro. No sólo por la variedad de los cultivos: alcachofas chinas, chufas, bledomeras, tomates y zanahorias de todos los colores, raíces de distintas clases, el delicioso tubérculo de la oxalis y la escaravia, la almorta y la chirivía, la antigua patata europea. Por otro lado, era distinto por el método. Al darse cuenta de que cultivando las hortalizas de un modo ordenado obtenía menos que al principio, cuando sembraba de un modo informal, probó a mezclar lechugas y rabanitos, judías verdes y cebollas, pepino e hinojo, raíces fusiformes y raíces fasciculadas. Y descubrió que cuanto mayor es la variedad tanto más exuberante es el huerto. Era como si las plantas, uniendo sus fuerzas, se transmitieran energía las unas a las otras. Y también ganaban en sabor. En cuanto al espíritu, después de la experiencia india el trabajo en el terruño adquirió la índole de una meditación. Un *ora et labora* hallado lejos de casa.

MIS PEQUEÑOS ÁRBOLES, AMADOS COMO A HIJOS

Marzo de 2016

Durante varios años he seguido con pasión el crecimiento de los árboles que planté en una finca casi desolada. Sólo he tenido ojos y corazón para ellos. Colmada de una ternura que no me resisto a calificar de maternal —por tanto, unilateral, descarada y carente de pudor y de sentido de la medida—, llegué a encontrar un encanto superior en estas criaturas pequeñas y vulnerables. Para comenzar, con cuánta satisfacción me planteaba su futura forma mediante unos pocos tijeretazos. Y, además, esos troncos finos con la corteza todavía lisa, esas pocas yemas que podría contar y conocer casi una a una... ¡Qué encanto! Inmersa en esa dimensión de habitación infantil, no levantaba la vista, no me preocupaba del fondo. Hasta que, en uno de esos espléndidos días de invierno en que los momentos a cielo abierto nos parecen más valiosos que nunca, tuve una revelación. Instalada con una silla y un plumas en un claro del bosque occidental, me complacía con el buen resultado de una palmera que me había metido en el bolsillo después de arrancarla de la gravilla de un hotel en Agrigento, de la tupida redondez del arbusto de guayaba plantada cuando era poco más que una ramita, de la compleja escultura que se había formado a partir de la única rama de un higo chumbo muy resistente al frío. Pasé luego a admirar la circunferencia del tronco de un manzano y su ya respetable estatura, el hermoso ímpetu de sus ramas desnudas y las yemas de las que yo anticipaba la felicidad de las flores, cuando, al levantar la mirada por encima de mi horizonte habitual, tuve un sobresalto: mi manzano no era más que un enanito en comparación con la encina majestuosa que se elevaba detrás. ¿Era posible que nunca le hubiera prestado atención sólo porque no era una criatura mía? Atenta al paisaje mientras se había tratado de incorporar, asimilándolo al jardín, el suave perfil del Monte Penna, había permanecido ciega a la masa monumental que había más allá del límite norte: el parque de una villa de finales del siglo XVI. La encina, con un tronco que no abarcaría ni el abrazo de tres personas, era sencillamente demasiado grande para que yo estuviera dispuesta a verla mientras me dedicaba a cuidar a mis criaturas. En cambio, ahora que no son tan pequeñas, me siento preparada para comprender la belleza de los gigantes arbóreos, para inclinarme ante la carga de sus años y reconocer en ellos, que nada me deben a mí, lo sublime.

EN LAS COPAS DEL SAUCE INEXTIRPABLE[7]

Abril de 2016

Recorro el jardín, que durante el tiempo de la primavera es un *andante con moto*; todos los días entra en escena un instrumento distinto. Brotar, florecer, esparcir los pétalos por la hierba nueva... todo dura pocos compases. Nos proporciona alegría, aunque algunas veces sea doloroso, como cuando pienso en la amiga lejana que vendrá a visitarme dentro de dos semanas. No podré enseñarle una parte tan bella de la partitura. Primero las copas florecidas del endrino y el ciruelo, ahora el amelanchero, con sus flores níveas y gráciles en el tronco gris; los viburnos olorosos y los primeros cerezos, el de flores, con sus colgantes corolas sonrosadas agarradas a los largos peciolos, como para compensar las cerezas que no saldrán. Bajo

[7] Cabe la posibilidad de que al titular este artículo final (*Alle fronde del salice...*) la autora, ya próxima a su muerte, pensara en uno de los poemas más dramáticos y famosos de la literatura italiana, que acaba así: *Alle fronde dei salici, per voto, anche le nostre cetre erano appese, oscillavano lievi al triste vento*, de Salvatore Quasimodo. Sirviéndose de una imagen del Salmo 137 de la Biblia, Quasimodo sostiene la imposibilidad de escribir poesía mientras dura el escenario de muerte de la Segunda Guerra Mundial. Las cítaras de los poetas cuelgan de las copas de los sauces, como las de los poetas de Israel durante la cautividad en Babilonia. (N. de la T.).

al Bosque Oriental y me dirijo al estanque. Levanto la vista... contra el azul del cielo un inesperado verde lima reclama mi atención. Y eso, ¿qué será? Nunca lo he visto antes. Un tronco de no menos de cinco metros de alto y encima una copa tan alejada que casi no la distingo bien. Guiño los ojos... a juzgar por las hojas y los amentos parece un sauce. Me gustaría saber quién lo ha puesto ahí, a la orilla del estanque. Yo no, desde luego; siempre había estado en la esquina del arce campestre. Y en este tiempo, al notar que ese punto se elevaba, igual que el círculo de bloques de toba, ¿no le había echado la culpa al arce? No, él es inocente, lo entiendo ahora, esquivo y todavía invernalmente desnudo, detrás del tronco del usurpador que debe de haber engañado durante años mi vista perezosa, perdida en seguir las evoluciones de los peces debajo de las hojas del ranúnculo de agua y los saltos de las ranas al acercarme, y que sólo advertía la presencia de un tronco donde sabía que debía esperar un tronco. Agazapado, mimetizándose con el arce y las cañas de la India, el sauce se abrió camino hacia lo alto, al cielo, y su copa victoriosa se ríe en mi cara: atrápame aquí si puedes. No, no puedo, ya es inextirpable, está agarrado al borde de tal modo que para levantarlo de ahí tendría que trastocarlo todo, y para no verlo rebrotar con mil retoños en el tocón cortado debería envenenarlo. Ha ganado él. ¿Qué será del arce? Y el agua del estanque, ¿la succionará? Y con la encina, ¿cómo convivirá? Dejo a la posteridad la solución del rompecabezas.

ÍNDICE DE LAS PLANTAS

ÍNDICE DE LOS AUTORES Y LOS LIBROS

ÍNDICE

Aprendiz de felicidad es el centésimo octavo libro de la colección El Pasaje de los Panoramas. Compuesto en tipos Dante, se terminó de imprimir en los talleres de KADMOS por cuenta de ERRATA NATURAE EDITORES en marzo de 2025, incontables años después de aquella noche en que un padre y su hijo, en pleno y largo viaje, se vieran sorprendidos por un viento cruel que trajo consigo un frío gélido: trataron de juntar leña menuda para hacer una fogata con la que calentarse, pero el cansancio era tal que apenas podían seguir despiertos para avivar el fuego, de modo que las llamas fueron menguando y los lobos acercándose… Sin embargo, cuando los espíritus del lugar se aprestaban ya tristes a contemplar la tragedia, apareció un pajarillo que raudo comenzó a avivar las brasas parpadeantes con su aleteo, y a pesar del dolor que sentía en su pecho, siguió batiendo sus pequeñas alas con fuerza hasta que las llamas resurgieron y los lobos se alejaron, y desde entonces todos los petirrojos lucen con orgullo su mancha carmesí como recuerdo de la bravura y la entrega de aquel ancestro alado.